# 仲叔其人

绍武 会林 著

中国文联出版社

## 图书在版编目（CIP）数据

仲叔其人 / 绍武，会林著. -- 北京：中国文联出版社，2024.9

ISBN 978-7-5190-5508-0

Ⅰ．①仲… Ⅱ．①绍… ②会… Ⅲ．①长篇小说－中国－当代 Ⅳ．①I247.5

中国国家版本馆 CIP 数据核字(2024)第 081727 号

| 作　　者 | 绍　武　会　林 |
|---|---|
| 责任编辑 | 张凯默　张家瑄 |
| 责任校对 | 秀点校对 |
| 封面设计 | 贾闪闪 |

| 出版发行 | 中国文联出版社有限公司 |
|---|---|
| 社　　址 | 北京市朝阳区农展馆南里 10 号　　邮编：100125 |
| 电　　话 | 010-85923025（发行部）　010-85923091（总编室） |
| 经　　销 | 全国新华书店等 |
| 印　　刷 | 三河市龙大印装有限公司 |

| 开　　本 | 710毫米×1000毫米　　1/16 |
|---|---|
| 印　　张 | 14.5 |
| 字　　数 | 273 千字 |
| 版　　次 | 2024 年 9 月第 1 版第 1 次印刷 |
| 定　　价 | 48.00 元 |

版权所有·侵权必究

如有印装质量问题，请与本社发行部联系调换

# 目 录

| 一 | 001 | 二十一 | 091 |
| --- | --- | --- | --- |
| 二 | 004 | 二十二 | 098 |
| 三 | 011 | 二十三 | 103 |
| 四 | 016 | 二十四 | 106 |
| 五 | 019 | 二十五 | 112 |
| 六 | 023 | 二十六 | 117 |
| 七 | 024 | 二十七 | 124 |
| 八 | 031 | 二十八 | 132 |
| 九 | 036 | 二十九 | 138 |
| 十 | 040 | 三十 | 145 |
| 十一 | 044 | 三十一 | 152 |
| 十二 | 051 | 三十二 | 156 |
| 十三 | 055 | 三十三 | 161 |
| 十四 | 059 | 三十四 | 167 |
| 十五 | 062 | 三十五 | 177 |
| 十六 | 065 | 三十六 | 182 |
| 十七 | 070 | 三十七 | 186 |
| 十八 | 077 | 三十八 | 191 |
| 十九 | 083 | 三十九 | 195 |
| 二十 | 088 | 四十 | 205 |

| 跋 | 214 |
| --- | --- |
| 后记 | 217 |

# 序

仲叔，洞庭湖畔人，一八七六年生，清末秀才。一九一三年考入湖南省立第四师范学校。一九一八年参加了由毛泽东、蔡和森在长沙成立的新民学会，为重要成员。一九二〇年和毛泽东组建俄罗斯研究会。一九二一年七月和毛泽东去上海参加中国共产党第一次全国代表大会。一九二八年赴苏联出席中共六大，会后进入莫斯科中山大学特别班学习，任组长。一九三〇年回国，成为中国互济会重要成员。一九三一年到中央苏区，曾任中华苏维埃共和国中央执行委员会委员、工农检察人民委员、内务部代部长、临时最高法庭主席，因与中央"左"倾路线进行斗争，被撤职，受党内处分。一九三四年第五次反"围剿"失败，中央红军主力退出苏区，仲叔年近六旬，被留下坚持游击战。一九三五年，在闽赣交界处突围时，遭民团杀害。

……

## 一

八百里洞庭，烟波浩渺，古之云梦大泽，鱼米之乡也。仲叔的父亲在乡间，既是耕田里手，又是渔猎行家，虽然没有念过书，却有个梦，想在自家门上贴一副对联："耕读传家久，诗书继世长。"

仲叔六岁那年，父亲在湖上救起一位白须银发、投湖自尽的老者。苏醒之后，老人还想重新入水，言辞恳切，儒雅感人。

啊呀，老人脑后竟然没有辫子，此乃官家要杀头的重罪！父亲既然救了他，怎肯让他重新自尽呢？于是冒险把老人接回家中。

有人提醒："你不怕惹祸？"

父亲回应："山高皇帝远，它够不到这里。古老的渔村，几辈子没有办过私塾了，先让伢仔们有书念，识文断字，慎终追远，求得来日香火连绵……"

从此，小小渔村，破天荒地有了读书声。

多少年来，渔村只有一本书，就是从城里请回来的"黄历"。为了先生的安全，伢仔们念的书不到城里去买，从第一天起，就读老先生写在黑板上的"板书"。

仲叔念的第一课，是"四书五经"的第一本《大学》里面的第一句"大学之道，在明明德，在亲民，在止于至善"。先生用戒尺点着"板书"课文，让学生跟着一句一句地念。

这是什么意思，伢仔们不懂。先生一遍遍地读，让学生一遍遍地念，要求能够记住，并且背下来……

仲叔是一个灵敏度极强的孩子，胆大、爽直，但忍耐性很弱。如此反复念和背，他很不耐烦，忍无可忍地叫了起来："我要困觉了！"

老先生微微一笑，走下讲台，来到仲伢仔书桌前，"你想困觉？没出息！"手里的戒尺，朝他的头上就是一记。

"哎呀！"仲伢仔喊了一声。

前后左右的同学，有的高兴地拍手，有的龇牙咧嘴，不敢吭声。

"你打我！"仲伢仔站起来，扭着脖子，摆出一副跃跃欲试反抗的样子……

先生问："疼吗？"

"疼！"

"我打的是你脑壳里的瞌睡虫。"老先生笑着说。

"呸……"学童们第一次听说脑壳里有瞌睡虫。

仲伢仔咬牙坚持，不让泪水流出来。他对拍手称快的同学，轻蔑地扫了一眼。"没出息"这句话，是父亲最忌讳的，就在今天送自己上学的路上，还不断地提醒，要好好念书，老先生可不是平常人！如今有了高人指教，千万莫给我丢脸，让人家讲仲伢仔没出息！

第一天就挨打挨骂，真是没出息！噢，原来是脑壳里有瞌睡虫！仲伢仔似乎找到了自己没出息的原因。

先生始终保持着微笑，按一下仲叔稚嫩的肩膀，轻轻地说："坐下吧。"

老先生回到讲台，又一次用戒尺点着"板书"慢慢地读，让学生跟着背。

然后，先生把"大学之道，在明明德，在亲民，在止于至善"这十六个字拆开来，每个字是什么意思，一一讲给学生听。

瞌睡虫果然跑了。

老先生告诉伢仔们，这十六个字，管人的一生，是有出息，还是没出息；是好人，还是坏人；是善人，还是恶人。他特别讲了其中的"德"字，什么是德？怎样才算"明德"？又着重讲了"亲民"，何为亲民？"亲民"与"德"字的切实联系……

小小的渔村,已经几辈子没有读书人了。虽然农人们知道孔圣人,但是,孔夫子的书,没有人念过。这次,老先生的到来,以"板书"形式,把儒学经典——"四书五经"降落到渔村。先生的戒尺,打醒了这些喝着洞庭湖水、长得生气勃勃的小毛头,把他们脑壳里的瞌睡虫打跑了……

## 二

老先生生不逢时!

清朝二百余年的统治,把中国拖到了丧权辱国、民穷财尽的境地,成为全世界帝国主义列强围猎的对象。五千年累积起来的华夏文明,成为西方列强大快朵颐的饕餮快餐,把他们个个养得脑满肠肥,中国被蚕食得支离破碎动弹不得。神州危矣!

然而,绵延五千年的中华文化,经历了多少次天塌地陷、星球碰撞般的大灾大难之后,又能够如同凤凰涅槃式地再造重生,历久弥新。古老的中国哲学,可谓通天、通地、通宇宙；中国人的家国情怀，仁义礼智信的做人道德标准，构成了中华民族的自尊自信、不屈不挠的进取精神，在大难临头时，不乏赴汤蹈火、取义成仁之士。

四十年前，老先生得遇王船山遗著，重新拾起"反清复明"的旧旗，结果被清家抄杀全族，只有他一人逃脱。奋战一生，复国无望，晚年又遇到列强入侵，神州断崖式下沉！他不忍再经历一次国家危亡的悲剧，想到了屈原，不如到云梦了却一生吧，不意被渔父救起。

当他说到不忍看到亡国时，却引起渔父哈哈大笑。

"只要还有一个湖南人在，中国就不会亡！""啊呀，"老人发问，"何所据而云然？"

渔父回答道："洞庭湖不答应，长江不答应，远处的黄河、泰山、昆仑都不答应！"

"噢，此渔父非彼渔父！"老人感慨万千，心想，这是三闾大夫没有遇到过的渔人。他堆积于心头的热血回转了，畅流了，愿意随渔父而去……如此这般的话语，这般的见解，这般的湖南人，让他敬重，实乃一字之师！

三年下来，毛毛头们从老先生写在黑板上的"板书"，读完了《大学》《论语》，挨了一戒尺的仲伢仔，可以把二书整本背下来。

仲伢仔不仅一字不差地背书，还能不断地提问，是个爱动脑、勤思考的孩子。

先生讲"明德"二字,讲到"做人,要有人德"。

仲伢仔急切地问:"做狗,也要有狗德,对吗?"

先生笑了,反问:"你说呢?"

仲伢仔勇敢地说:"做狗,也要有狗德,我家大黄,就是有德之狗。"

先生感兴趣地问:"何以见得呢?"

"我家秋忙时节,大黄就蹲在门口,一直寸步不离……"说着看看左右邻家的同学,直爽地说,"不像有的狗狗,乱跑一气,不好好看家……这些狗狗,就是无德之狗!"

先生点头:"嗯,狗有狗德。"

一次,在课下,仲伢仔问先生:"为什么'止于至善'?"

先生把他叫到面前:"这是圣贤之人的思想。"并且掰开了给他讲:"民者,百姓也。苍苍茫茫的大地上,有千千万万的百姓。在正常状况下,百姓推举他们中的圣贤之人出来从政,为百姓办事,兴利除弊,扶危济困,除暴安良,亲民至善。至善者,即尽善尽美之谓也。历史沧桑,圣贤之人,凤毛麟角啊!他们的思想,他们的品德,如日月经天,照耀古今。历史一再证明,只有尽善者,才得民心，而民心齐，则泰山可移，保社稷安稳，不惧危亡。相反，从政者各私其私，不以百姓为念，不尽至善之责，则社稷崩塌，民不聊生，其祸如江河泛滥，堤坝溃决，人或为鱼鳖，至文明涂炭，社稷再次呼唤，圣贤降临……"

先生面对八九岁的仲伢仔，敞开胸怀，直陈块垒，讲到激情之处，热泪盈眶。

仲伢仔虽然半明半白，似懂非懂，但先生的恳切、动情，却让两颗心融合在一起了！

去哪里寻找先生呼唤的圣贤之人呢？

父亲见儿子读书长进，又听老先生夸赞仲伢仔是一块读书的料，在学完"板书"上的"四书"后，毅然放手让仲伢仔跟着先生读下去。只是规定：从十岁开始，每十天里，要有四个半天到田里干活，随着季节的变化，遇到什么活计，就学着做，跟着父亲学，跟着大哥学，播种、扶犁、秋收、冬藏，样样都要学习；只是湖上打鱼就不用去了。

老先生按照父亲的意思，把仲伢仔留在身边，成为他正式的关门弟子。

老人家逃脱了清家的追杀，隐居渔村，在晚岁时节，收获了这样一个学生，能够把自己的学问和未尽抱负，托付给这个后生，也算是不幸之中的一幸！

在小小的屋子里，先生对仲伢仔单独传授，面对面地讲解，讲儒家经典、老庄哲学，时而借题发挥，讲历史，讲人物，海阔天空，津津有味，诸如司马迁、杜甫、李白、苏轼、辛弃疾等等；顺势而下，再讲朱熹，讲张载，讲王阳明，讲王船山、顾炎武……仲伢仔听得着迷，入脑入心，真个是高歌猛进，气宇轩昂！后来，又讲到鸦片战争、圆明园被毁，还有丧权辱国的《南京条约》《北京条约》《天津条约》，讲到林则徐发配新疆，关天培战死沙场，先生已经哽咽难言，泪湿襟袍，忧国忧民的赤子情怀，无力制敌的悲伤无告，痛心疾首，让仲伢仔听得淌汗、流泪，奋而直呼："是可忍？孰不可忍？！"

就这样，先生把仲伢仔逐渐引入了中国文化的大千世界，让他体会到，清代以来，社会上弥漫着的清家制造的蛮强之势、蒙昧之风大行其道，奴化思想和匍匐称臣的恶俗冲击着华夏大地的农耕文明……

啊，原来先生的世界，还有另外一种景象：不是空想，是实实在在地存在的。那里先贤辈出，文治武备，光焰千秋；那里民风淳朴，勤劳勇武，刚柔兼济，家国为念，遗世独立，何等光鲜！进入先生的世界，犹如步入中国文化的堂奥，是多么让人神往的独特享受，真乃忘年之乐也！

先生常常离开正文，溢入当下。

在讲到晚唐诗家杜牧时,老人家特别提出了那首《江南春》:

千里莺啼绿映红,水村山郭酒旗风。
南朝四百八十寺,多少楼台烟雨中。

老先生笑着说:"唐三藏费尽九牛二虎之力,到印度取经,于是,和尚文化大行其道。唐以来,何止江南四百八十寺,江南江北,长城内外,寺庙遍布国中。儒家教人入世,面对现实;而佛家相反,让人出世,面向来生!仲伢仔,杜牧的《阿房宫赋》,还记得吗?"

"记得的。"

"那篇赋的主脑是什么?"

仲伢仔背诵道:"呜呼!灭六国者,六国也,非秦也。族秦者,秦也,非天下也。嗟呼!使六国各爱其人,则足以拒秦。使秦复爱六国之人,则递三世,可至万世而为君,谁得而族灭也?秦人不暇自哀,而后人哀之。后人哀之而不鉴之,亦使后人而复哀后人也。"

"好!"先生夸赞,又提示问:"杜老讲了个什么道理呢?"

仲伢仔恍然:"在明明德?!"

先生点头:"亲民,止于至善,就难在一个'德'字。

古往今来，朝代兴亡，都脱不开'德'这个难题。"

"呀！"仲伢仔不禁叫了一声。此时此刻，先生总结出"明德"二字，如同闪电一般，击中了长久以来凝结在他胸中的块垒，只觉得脑洞大开，敞亮了许多！也让他想起了早年的那记戒尺！

先生发问："你喊叫什么呢？"

仲伢仔回答："醍醐灌顶啊，彻底醒悟。"

先生欣喜地说："醍醐灌顶，是引自印度佛经的一句话。意思是说，吞下醍醐这一精华，就能够获得最高智慧，大彻大悟，了却万般苦恼……"

仲伢仔急切地问："是这样吗？"

先生摇头叹息："佛教是从印度来的啊！这篇《阿房宫赋》，内中的眼光、智慧，一语中的，道尽亘古不变的真理，岂是醍醐灌顶可以顶替的啊！杜老先生对于当年佛教的过度兴盛，在华夏大地广布寺庙，具有讽刺意味——可笑的是，佛教在中国大行其道，而在它的母国，却已经式微了。"

说到这里，老人家话锋一转："英国人在印度弄了一个'东印度公司'，给中国源源不断地送来了鸦片，用毒品换取中国的白银。整船整船的鸦片，滚滚而来，中国人的血汗——白银，如同江河泻地，川流不息地流入英国人的腰包！杜老如果活在今世，眼见烟馆林立，紫雾升腾，烟鬼遍国中，佝偻欠身行，当作何感触？！真个是堂堂中华，病入膏肓，如此败落，触目惊心，未之有也！这就应了《阿房宫赋》那句话，'灭六国者，六国也'！神州今日之危亡，实乃清家自取！英国人施以奸计，正是趁火打劫的举动！"

仲伢仔心里的"板书"，又一次被先生激活了！当然，那不是瞌睡虫，而是胸中不断升腾起来的家国情怀！

情怀，是捂不住的啊！

## 三

县衙发出告示，要"秋试"了。

父亲要仲伢仔去县城应试，考秀才。

仲伢仔摇头，不想去。

父亲没有办法，到私塾请老先生帮忙。

老先生对恩公一向有求必应，找来仲伢仔："要去，要去，要去的！"

仲伢仔想要辩白。

先生笑着说："你去试一试嘛！"

虽然不情愿，仲伢仔还是去了。

两篇文章，一挥而就，居然考了头名，仲叔获得了秀才的头衔。

县太爷还算识才，欣赏仲叔的文章，打算把他留下，在衙门里管钱粮。

消息一经传出，仲叔成了各界追捧、巴结的对象。有同姓者来访，自称是远亲，按辈分应是叔爷，约他到家一聚。这个远亲，父母从未提起过，他心中恍惚，未敢应承。还有斯文者，执锦扇，着长衫来访，开口便告以当官要径，拿出一封洒金请柬，说是："旗人赫大老爷，很欣赏先生的文章，邀请一见。"

仲叔虽然饱读经书，但并不知道这位旗人赫大老爷是何方神圣，只知道旗人惹不得。其请柬如此讲究，自己不可失礼，便问道："这位赫老先生住在哪里？"

斯文者沉郁一笑："老太爷家在省城，这里不过是他驻跸之地。"

仲伢仔对"驻跸"二字感到吃惊。

斯文者解释："因为此地临近洞庭湖，是八旗大军自然要驻屯之地。故而赫老太爷祖辈常驻此地。"

仲叔心想，权势之人，不可结交，想要推辞。

斯文者又开口了："赫老太爷欣赏你的文章。你呀，不能只知道岳阳楼高，洞庭湖大，还应当知道，如今之世道，如何规治？如何布局？天怎么黑？日怎么明？……"

一个"明"字，触到了仲叔的神经，"明德之道"在他的心中居住久矣！"明德"是民之要，是天条之尊，是古往今来、朝代兴替之理、之源，是铁律！亲民，止于至善，是当政者生死存亡之本。我倒要看看这位赫姓的老爷，是何许人也？！

仲叔慨然随同斯文者前往。

在斯文者看来，仲叔不过是个乡土少年。虽然县太爷夸赞他的文章好，赫老太爷祖传的蛮横劲头，对他还不一定怎么样呢。

仲叔跟着斯文者，穿过大大小小的街道，来到了门楼高耸的赫府，只见大门前两边有大石狮、上马石、拴马桩，门外几个旗人打扮的壮汉，头仰得高高的，好似那座高挑的门楼上的几株荒草。

由斯文者带路，一进、二进、三进——真个是府深莫测。

经过重重院落，终于来到主院。

斯文者对着上房喊道："客人到了！"

只见东厢房门帘撩开，飘出一股鸦片烟的味道。一个大胡子、大肚子，身穿便服，脚下趿拉着一双脏兮兮拖鞋的汉子，大声对斯文者说："上房请。"

厢房的玻璃窗晃过几个女人的头影。

仲叔退后一步，抱拳施礼。

赫大老爷点头："咂，小伢仔，一表人才啊！"

仲叔回应："晚生第一次进城，不懂规矩，冒昧进府，请赫老先生赐教。"

"噢，客气了！"赫老太爷倒很爽快，说了一声"上茶！"安排客人进入上房。

老太爷直爽痛快，谈起文章事，似乎并未看过，全靠斯文者在一旁插话、提醒。

初次接触，仲叔倒觉得他有些爽直可爱。直到出门，记住了这位赫大老爷说的一句话："县太爷，做的是清家的官！"

此行被外界得知，前来找仲叔的人更多了。他心里明白，此处不可久留。自己文章里说的那些道理，根本成不了事。对于县太爷的厚爱，也只好婉辞，回乡继承师业，边耕作，边教习，以明德、亲民、止于至善，心安理得，问心无愧。

离城前，仲叔想去西街文庙看一看。

秋阳无力，街市冷清，东西大街上，人影稀疏，一眼就可以望到底——城墙下的西门，连店铺也不开张了。

仲叔走近文庙，看到庙前的旗杆上，挂起了一条长长的白幡，上书墨色大字："哀哉，痛哉！北洋水师，黄海一战，全军覆没！"另一旗杆，同样挂了一幅白幡："亚洲第一，世界第七的水军雄师，何以败在日本手下？！"

旗杆下，寥寥数人，哭丧着脸，连连说道："中国，完了！"

"啊！"

此景此情，如雷轰顶！仲叔脱口吼了出来。

异样的吼声，粗哑，强烈，好似霹雳，把死寂般的氛围冲破了！

一个穿长衫的人，叫了一声："仲秀才！"

人们围了过来。

仲叔大声说道："中国，不会完！"

"噢，毛头小伙子！"有人不齿地说。

如果不是有人喊出仲叔是新科的秀才，恐怕会招惹一顿殴打！

"中国不会完，请问你有什么根据？"穿长衫者礼貌地问。

仲叔回答道："中国，完或不完，全在于中国自己。如果，国人不想完，不愿完，不忍完，中国就不会完！"

"这是废话！大话，谁都会说，有用吗？"不齿者云。

穿长衫者哂笑："不想，不愿，不忍，大概不在少数……"

仲叔打断了对方的话："要真不想，真不愿，真不忍，起而抗争，中国就不会完！"

长衫客叹息："唉，谈何容易啊！"转身欲走。

仲叔追着他说："先生，物极必反，道理很简单。"

对方无奈地说："秀才啊，恐怕我等不到那一天了！"

人们哄然一笑，纷纷散去。

仲叔进入文庙。他想尽快知道黄海之战的细节。

带着愤懑，带着耻辱的悲情，仲叔在大殿虔诚地向先师孔子像施礼，泪水夺眶而出。大中华沦落到这般地步，是愧疚？是疼痛？是无助？是无奈？难道，真的无望了吗？自己信奉的道理，不管用了吗？

不对，那是民心，那是天意，那是几千年来行之有效的真理，还会不灵了？！

仲叔行走在文庙的配殿外，在碑林、松柏间，仔细地观看贴在其间的小纸片，上面有甲午海战的消息。他看到了中国海军将士沉舰自裁的信息，看到我铁甲大舰成为日军俘获的战利品，看到日军在旅顺、大连登陆，抢掠、屠杀民众，死伤者成千上万……原来，这已经是半年前的悲剧了！

## 四

仲叔回到了家乡。

他把北洋水师的惨败，清家与日本签订了丧权辱国的《马关条约》，赔军费两亿两白银，承认朝鲜独立，割让台湾、澎湖、辽东半岛，日军所到之处，尸横遍野，一片焦土……噩耗传遍渔村，引发了一片哭声！

唯独老先生没有哭泣，反而振作起精神，对仲伢仔说："东西夹击，日本最坏！侵入中华，国家危殆！"

仲伢仔满面焦虑，一腔忧愁，发问："怎么办呢？"

先生豁然，答曰："有办法。伢仔，你听我说。我在云梦遇恩公，得救生还，在渔村隐居，身心所触之处草木皆留我中华之文脉，感慨系之，死不如生。渔村，乃现世之桃花源也。这让我想起，明末圣贤黄宗羲、王船山曾经说过：'国之大难临头时，必有圣贤之人出世。'此话已经过去了三百年，而今世，国之大难，前所未有，救国之士，定会雄而起之，其势必如过江之鲫，争相寻求救国之道，而老朽生逢其时，以苍老之躯，'行到水穷处，坐看云起时'。伢仔，为师看你可以过江了！"

听得先生的肺腑之言，仲伢仔的忧愁、焦虑一股脑地不见踪影了。先生给了他一个十分敞亮、万分远大的宏图。他此刻正是站在人生的十字路口，他的激愤，他的报国志向，他的生命价值，上合天，下合地，意气风发，到达光明的终结之地，如天人合一。这是一次思想的洗礼，通达、透明、畅快，让他激情无比。

见仲伢仔如此兴奋，先生说道："此桃花源，非彼桃花源。中华文脉，今非昔比，大开大合，必然是波澜壮阔，天翻地覆！你去弄潮，寻找圣贤，救国救民于水火，苦也，痛也，喜也，悲也，云梦有知，勿忘告我！"

仲伢仔听得真切，不敢忘怀！

甲午之痛，马关之辱，真正打中了仲伢仔穴位痛点，激活了存在他胸中的"板书"，那句"大学之道，在明明德，在亲民，在止于至善"活起来了。由痛而惊醒，由辱而升华，一跃为孟夫子所说的"大人者，言不必信，行不必果，惟义所在！"

一瞬间，仲伢仔长大了！

人，是有感情的动物，一出娘胎，就会哭，会笑，会踢，会闹；人，是有头脑的，有理性，能思考，与感情融合，才成为万物之灵。灵之可贵，在于"止于至善"。孟子说，大丈夫居于仁，居于义，富贵不能淫，贫贱不能移，威武不能屈。此乃浩然之气，宇宙情怀，人文巅峰，君子明德之至境也！

世事变化，涉及仲伢仔之家。

老母亲养的鸡鸭，已经换了多少茬，而陪他长大的大黄也老了，与院子里的鸡鸭无力玩耍了，四肢疲惫，长卧不起，面对这位老朋友，仲伢仔情何以堪啊！

有一天，早晨起来，大黄不见了！狗，是仁义之君，知道自己无力回天，就会自行躲开，老死他乡，悲哀何止仲伢仔一人？

《马关条约》签署之后，清廷加重了征税。父亲的渔船，要加税了。为家里劳作了一辈子的老水牛，本来打算养老到头，送往茔地，以致感激之情。突然，政府课税登门，除去地亩、渔船之外，老牛也在征税之列，硬行折价牵走，送往镇上屠宰场。全家为之心痛、愧疚不已。

父亲一生勤勉，从来认为自己有一身用不完的力气，耕田、渔猎，都是里手。辛辛苦苦挣得一份家业，却被清家名目繁多的捐税，剥夺殆尽，日益凋零。这是亲民？还是害民？

"伢仔，走吧，不要辜负了先生的厚爱！不要忘记，你是湖南人。"父亲催促着仲叔。

妻子为仲叔做了新鞋，修补好破旧的长衫，欲哭强忍：女儿年纪尚幼，不明未来前景何在！

仲叔拜别了父母，拜别了先生，安抚了哭泣的妻子，上路了。

五

没有出过远门的仲叔，第一站就去了省城长沙。

下船伊始，正遇几个强人替官府追捕逃犯，一副好勇斗狠、天理在握、不容置喙的架势，看上去让人头皮发麻。

突然，一个男孩悄悄走到仲叔身边，低声说："大叔，救救我！"

"你怎么了？"仲叔惊异地问。

"他们要捉我。"

"为什么？"

孩子大约十三四岁，生得天庭饱满，地阁方圆，惹人怜爱，小声说："他们在追杀我！"

仲叔想起了先生就属于清家追杀的义士，连忙把孩子拉到身边："走。"

孩子示意，往码头旁边的小路去。

仲叔明白，就拉着孩子进入了路边的小夹道。

"你姓什么？"

"我只知道名字叫天桃。"看到仲叔的疑惑，又说道："我是许多人救活的，经历了很多人家收养，不知道该姓什么，只要叫我天桃就是了。"

噢，有过与先生交往经历的仲叔，认为这个孩子之难必有原因，应当施救。

此时，突然从对面过来一帮人马，还是一副好勇斗狠的模样，看到天桃，喊叫起来："呸，得来全不费工夫呀！"

天桃机灵地躲到仲叔身后，喊了一声："爹爹！"

仲叔会意，含笑对来人说："老哥，你们到哪里去呀？"

来人说道："我们在抓逃犯！"指着孩子："就是他。"

"嘿，我的儿子，怎么成了逃犯啊？"

"咂，你是谁？"

"我是刚刚秋试得中的新科秀才呀，来省里会考的。"

"哦？有什么证据？"

仲叔当众解开包袱，取出随身携带的证书，一不小心，把放在包袱里的光洋撒落在地上。

"这是你的儿子？"

"唉，这还能是假的？"

"噢，是新科秀才，还有这个体面的儿子。"

天桃赶快去捡地下的银元。

强人眼馋得也七手八脚捡拾银元，对着仲叔说："你走吧，走吧……"

"老哥，这些钱，是送我儿子来省城读书用的啊！"

"嗨，你们富贵人家，还在乎这几个掉在地上的脏钱吗？！赶快走吧。"

仲叔无奈地拉着天桃离去。

几个强人高兴地道："哈，发了一笔小财！"得意扬扬地走了。

天桃感激不尽地说："是您救了我！能够告诉您的尊姓大名吗？"

"我姓仲，就叫我仲叔吧。"

"哦，仲叔，就像是我的老爹，请收下这个儿子吧！救命之恩，永远铭记在心。您住在哪里呢？"天桃把捡起来的三块银元交给仲叔。

"我想去住我们县的'云梦会馆'。"仲叔又把银元放到天桃口袋里，"你收起来，可以派上用场。现在打算到哪里去呢？"

"我到茶园去，那里会有人保护我的。"

"怎么去呢？"

"从这里上山，翻过去就到了。"天桃感激地流下眼泪，跪下给仲叔磕头，"干爹，我会找您的。"

仲叔还想再说几句……

天桃真诚地说："仲叔爹爹快点离开这里吧，不可久留啊！"然后急速离去了。

三十银元，本是老父亲压箱底的钱，转眼之间，灰飞烟灭了。

仲叔从原路返回，在人群熙熙攘攘的街市上，寻找洞庭驻省的"云梦会馆"。

一个钱也没有了，唉，总算救了一个应该救的孩子。天无绝人之路，总归有办法的。

仲叔这个乡巴佬，长了一个自信的头脑。

## 六

从洞庭到长沙，眼前是一片花花世界。仲叔虽然满腹经纶，深知长沙自古多俊杰，但是他头戴一顶瓜皮小帽，身穿一袭粗布长衫，脚下一双妻子手做的黑布鞋，与周围来来往往的行人相比较，是个十足寒酸的乡巴佬。拿出新晋秀才的证明，在云梦会馆有了一个暂时栖身的小房间，可是囊中羞涩，寸步难行啊！

在这个熙熙攘攘的世界上，去哪里寻找圣贤之人呢？

长沙，对于仲叔这个识文断字的汉子，是个自由的新世界。比起那些不识字的人，他好像长了一对可以飞翔的翅膀，长沙的街市、巷陌，统统收揽于胸中，化作自己的血液，供他神思、遐想，在大千世界里寻找。长沙，虽然广大繁杂，在他的眼里，不过像八百里洞庭湖一样，有船，就可以自由流动。有识文断字的本领，就可以把握入门的钥匙，可以让他自由飞翔，到处去寻找圣贤，寻找现实的桃花源。

一天，仲叔走在湘江边，突然风起云涌，只见江上的船只纷纷靠岸停泊，等待着大雷雨来袭。

此刻，远望橘子洲头，一群男青年，迎着风雨，在大风中站立着。

"嘿，"仲叔大声赞叹，"太好了！"

大雨从天而降！狂风吹得人几乎睁不开眼睛。

那群青年，喊着，叫着，伸展双臂，跃入江中。

风雷滚滚，岸边的船舶，在大风雨中晃动着，船上的樯桅剧烈地左右摇摆着。

江里的健儿，出没在浪涛之中，臂膀像白色的桨叶，不停地挥动，头颅在风暴中昂扬起伏。

岸上的仲叔看得真切，激动得迎着风雨大喊："好啊，浪里白条，真个是碧水翻！有天雷做伴，雨琴奏鸣，回归宇宙，天人合一！"

天宽地阔，何不放手一搏？！

仲叔亟想，这群人在哪里能够找到？

## 七

终于，仲叔打听到，这群浪里白条弄潮儿，是长沙

"新学"里十六七岁的师范生。

要不要去找他们呢？仲叔心里有些踟蹰，自己已经是三十多岁，为人之父啦！"咳！"他用力拍了一下桌子，"这是什么念头啊？真是没出息！"

自古英雄出少年，他们敢于在光天化日之下，脱得一丝不挂，在暴风雨中，出没风波，搏击巨浪，是何等勇敢，何等自信！此乃大气凛然之昆仑身手，内中必有翘楚！自己些许因袭旧章，险些误了寻访圣贤的大事！

仲叔郑重地穿上长衫，前去长沙"新学"，求见校长，提出插班求学的请求。

校长是一位与仲叔年龄相仿的先生。作为"新学"的校长，果然很新，对于仲叔求学的理由很欣赏，了解了他的籍贯、学历和迫切的求新愿望，欣然同意了仲叔的请求。

如此顺利，太意外了。仲叔走出校长室，高兴得跳了起来，庆幸自己遇到了贵人！

下课的铃声摇响了，教室的门打开了。学生们像是开闸的水，涌流出来，广阔的院子顿时人流荟萃，荡漾着青春的气息。

校长不知何时走过来，手里拿着一个书包，来到了枯立廊上、无所措手足的仲叔身边，低声说："随我来。"

仲叔得救似的跟在校长身后，穿梭在欢声笑语、微波细浪之间，来到了301教室，被安排在最后一排的甲座。

书包里面是校长赠送的课本和笔墨纸砚。

仲叔激动得不知所以，向校长深鞠一躬，被校长一把拉住，告之："好好听课，有困难找我……"

上课铃又响了起来，学生们涌进教室，发现后排坐了一个穿布衣的先生，以为是督学在座，交头接耳，悄悄议论。

任课老师来到教室，一声"起立"之后，顿时鸦雀无声。

仲叔上了新学的第一课。

坐在仲叔旁边一位姓蔡的同学，悄声问："先生是督学？"

仲叔摇头："哪里呀，后学仲叔，请同窗不吝指教。"

蔡同学惊讶："哦，您在哪里上学呢？读些什么书？"

仲叔小声回应："四书五经之类。"

蔡同学告以："一样的。不过我们现在读《墨经》，奉行墨子遗教——摩顶放踵，裂裳裹足，止战维和。墨家的思想更有用。"

仲叔默默点头，觉得这可能是自己的短板，应当补上。他预感到，那天搏击湘水的勇士，很可能就在身边。

下课铃响了,老师离去。

同学们围了过来。

仲叔急切地问:"你们哪位是在湘江游水的勇敢之士?"

蔡姓同学高兴地说:"学兄感兴趣?"

"是啊!"仲叔立刻回答,想要知道究竟。

"学兄可以参加我们的'湘江泳会'啊。"

"啊呀,你们还有泳会?"

蔡同学脱口而出:"自信人生二百年,会当水击三千里!"

"二百年?为什么是二百年?"仲叔发问。

"人生百年,合乎常理。这宝贵的一百年,起码要做足二百年的事情,才不愧生命的价值啊!"

仲叔激情澎湃:"真好!你们是怎么想起来的啊?"

同学们大声笑起来。

蔡同学问:"学兄愿意参加吗?"

仲叔连忙答应:"愿意,非常愿意!"

"润寰,润之找你!"有人喊叫。

蔡润寰立即前去。

仲叔心想,润寰,润之,是不是兄弟啊?

在饭堂,仲叔见到了润之。

润寰介绍："润之，是湘江泳会的创始者。自信人生二百年，会当水击三千里，就是他哼出来的。"

润之，个子高高，眉清目秀，低下身子，向仲叔问好，诚挚地说："兄长求新，至诚之志，令人感佩！愿结同心，拓荒路上求道觅踪！"

"好一个求道觅踪！"完全契合了仲叔追寻的心愿。

仲叔原来以为润寰和润之是兄弟，却发现二人并不同姓。同学们告以，润寰是思想家，润之是实践家，二人相得益彰，是湘江泳会的核心、主轴。

仲叔庆幸自己巧遇贤达，泳会成员个个是奇男子，读书多，见识广，天文地理，国外新知，侃侃而谈，如数家珍，似新风习习，开窍启蒙。

正逢假日，遇到风雨，泳会成员，湘江挑战。

仲叔犹豫，自己泳术不行，大风浪里浮不起来，会不会自沉？

润寰安慰道："学兄先在岸边看一看，慢慢适应。"

润之摇头："慢不得，要下水。"

"可是，我只会狗刨……"仲叔为难地说。

润之笑了："洞庭湖人，会狗刨就行，我来保你。"

润之此话耐人寻味。既然有了保险，这个险终归是要冒的。仲叔跟着大家到了湘江边。

风雨如期而至，江水波涛滚滚，大家一起脱掉衣服，从容现身。

润之站在仲叔身边。

仲叔稍稍迟疑了一下，勇敢地跳进江里。

风高浪急，仲叔入水就呛了一口，紧张地扑腾了几下。

在仲叔身边的润之，伸出手臂，把他托了起来，说："不要紧张，像我这样划水，头就可以抬高。"

仲叔还算灵活，屏住呼吸，伸开双臂，学习划水，紧张得到了缓解。

润之颇为满意，话语缓和地说："仁者爱山，智者爱水。水性平和，善良无私，是一切生命之源。只要识得水性，以平和对平和，就万事大吉了！"

经过如此点拨，仲叔从狗刨前进，提高了泳术，在水里获得了自由。

实践家润之，对这位来自洞庭湖的兄长十分尊重。云梦大泽，早就在润之的心中荡漾，和仲叔相处，自然应和他心中的大水，以及在阅读中演绎过的那些大水的故事。趁着仲叔到来，沿着大水周边，来一次觅道寻踪的巡游，岂不幸哉？！

润之的倡议，可谓大胆、独特，泳会成员大都附议。

八百里洞庭，沿湖巡游，可不是个简单的活动。怎么游？在哪住？吃什么？一帮缺少历练的青年学子，哪个有过这样的经历？多亏有些泳会成员，家境比较富裕。而更主要的是有仲叔这个兄长，是本地人，语言可通，经验可用。

于是，经过一番准备，利用暑假，他们启程了。

为寻道觅踪，实践墨家"摩顶放踵"，"裂裳裹足"，一路走来，访农家，识疾苦，住庙宇戏台，挨蚊虫叮咬，化缘不得，只能忍饥挨饿。

老百姓看到学子们挨饿，常常给予支援。

仲叔跑前跑后，觅食、寻路、借住……是这个队伍中忍得住苦，沉得住气，办法最多，和沿途老乡最融洽的绝佳向导。

第一次巡游在洞庭湖的左岸。第二次巡游到了右岸。这两次巡游，让这批青年学子看到了，或者说尝到了农民的艰辛、疾苦，实践了墨家"兼爱为民"的崇高境界和正义无私的品格。

两次巡游，让仲叔深深感到这些比他小很多的同伴，正如先生所说，是"过江之鲫"，具有孟子所云：恻隐、羞恶、辞让、是非之心。此"四心"，乃民族之魂魄也。才俊之人，值得信赖，可视为同道。

润之对润寰说："这位仲叔，会干事，可以成大局，且感情炽烈，如同一团火，温暖大家，殷切如兄长，让人感动，可作泳会的台柱啊！"

润寰点头:"对,台柱子,毅力惊人。得到这样的大哥,泳会幸甚!"

在润之引导下,仲叔几番风雨湘江,学会了游泳之术,也成了浪里白条。但是他心中那个寻找圣贤之事,深藏不露,未与人言。

泳会成员在风雨江上高喊:"欲文明其精神,必先野蛮其体魄!!"

此话触到了仲叔的软肋,瞬间让他醒悟了:这样许多羡慕、欣赏、友谊、追随,幸喜同为弄潮儿,同为寻道觅踪之行。寻寻觅觅,原来就在身边!好一个"润"字,润物细无声啊!

仲叔内心激动,泪眼婆娑。

## 八

湘江多风雨,泳会竞自由,要做一个鹰击长空、鱼翔浅底、驾驭霜天的自由神!

昔戊戌变法失败,六君子被砍头,尤其是谭嗣同,引颈就义,让泳会的健儿们无比痛惜,泪如雨下!

未几,北京皇城推波助澜,掀起"扶清灭洋"之风,教民不和，愈演愈烈。

杀洋人，毁教堂，焚洋书，烧洋货……一时间，沙尘滚滚，充斥城乡。

诚可谓，清家病入膏肓，社会跟着"发高烧"！

"高烧"引来了八国联军入侵，北京沦陷，皇家出逃。清政府命悬一线，向入侵者求和，签订了屈辱的《辛丑条约》。

转眼之间，清家挥刀，把它扶起来的义和团，推入血泊之中，万千义民尸横遍野，血洒河山。

如此烂政，让泳会健儿义愤填膺、火冒三丈，齐聚在橘子洲头，长歌当哭！

1918年，润之首倡成立"新民学会"。

唯新民，可扫尽颠顸、蒙昧之戾气；唯新民，可张扬中华民族道德、良知；唯新民，可达到至真、至善、至美之境地；唯新民，可敲响黄钟大吕之阵鼓；旧邦维新……

是日，风暴来袭，骤雨临江，水雾弥漫，一片汪洋。湖湘健儿，早已练好身手，心潮逐浪，英姿矫健，争先恐后，跃入江中。

仲叔已是老到水手，紧追润之，一番搏浪嬉戏，翻江倒海，游刃有余。

他忘不掉那句"亲民，止于至善"，常常问自己，止于至善，边在何处？底在哪里？盘旋于心，心向往之，却不知究竟。

润之的"新民说"，来自所撰写的那篇《心之力》。

仲叔不断阅读，突然间感觉大彻大悟了！

那篇《心之力》的作文，得到了杨昌济老师的高度赞扬，为它打出105分超高分，在教室里张贴，在湖南一师广为誊抄、流传。其内容丰满，对现实评价鞭辟入里，对历史剖析深刻透彻，对未来充满自信。文辞优美生动，见解独到，不偏不倚，经得起琢磨、推敲。但是，读了几遍，总觉得把握起来有些吃力。如今，"新民"一说，点透了。

此时，仲叔想起了谭嗣同讲过的"心之力量"："'心之力量'虽天地不能比拟，虽天地之大，可以由心成之、毁之、改造之，无不如意！"

年方二十四岁、风华正茂的润之，对"心之力"亦评价极高、极重、极大，认为"心之力"是宇宙间人所独有的思维能力。这种能力，通天、通地、通宇宙，道法自然，天人合一，致使人类与天地万物相互养塑，明德、致良知，致力进化，文明共和，天下大同！

润之以为：宇宙即我心，我心即宇宙，细微至发梢，宏大至天地，世界、宇宙乃至万物皆为思维心力所驱使。由此，让他自信，让他的认识具有了穿透力，可以在扑朔迷离的乱象中，破解密码，独得玄机。

"哦，新民之说，源在这里！"

仲叔真乃近水楼台先得月，他想明白了，润之，正是他寻找的圣贤之辈。

于是，仲叔借来了润之之文，回到住处，研墨润笔，以蝇头小楷，抄录全文，视为宝典。

尤其下列段落，碰撞心扉，让仲叔激动不已。

"故当世青年之责任，在承前启后继古圣百家之所长，开放胸怀融东西文明之精粹，精研奇巧技器胜列强之产业，与时俱进应当世时局之变幻，解放思想创一代精神之文明。……正本清源，布真理与天下！"

仲叔觉得，这就是润之心中之新，亦是五千年中华历史翻新之新，所谓通天、通地、通宇宙，通亿万民众之心的心！比之杜工部"致君尧舜上，再使风俗淳"的心，更真、更善、更美。这正是：明德，亲民，止于至善之境。

君不见，自信人生二百年，会当水击三千里，以极高、极大、极重之心力，慨然起行，万夫莫当，合天理，合人伦，合民心。新民所向，全局为开。此至境，值得奉献绵薄，拼力一搏。

仲叔正是从此认定润之是他的领路人！

此润之，湘江边湘潭人，一八九三年生。其时，西方列强，加上后来的东方恶霸式流氓，已经把中国折腾得朝不虑夕、奄奄一息，积贫积弱，到了不可收拾的地步。晚清几位名臣，曾立志洋务救国，却被流氓帝国打落马下，悲惨得只剩下："此三千年未有之大变局！"而无可奈何。

润之，生逢其时。

他爱读书，读起来废寝忘食，不舍昼夜，读到要紧处，每每浮想联翩，寻根究底，不肯放手，探求答案。

神州断崖式的跌落，真的没有救了？坊间不断传来，某某名人悲痛沉湖，某某贤达饮弹自尽……是啊，当年屈原，救国无门，汨罗自沉！《天问》百条，没了踪影。

噢，润之心血来潮，心想，屈原时代的天，就是头顶上那么一点点。而大宋以来，我们就知道了：天外是宇宙。这，可以问问宇宙啊！！

嗨，说宇宙，宇宙就来了。

不知何时何地、何年何月，一颗意识之星，降落在润之心间，就是"心之力"！

此力，用好了可生善，可创造；用坏了，则生恶，可破坏。修之于正，造福万众；修之于负，则生灵涂炭，切记之！

"心之力"，如此英杰伟伦，大大提升了润之对于生命的自信力。他和同伴，在湘江里练水性，在风暴中识心力，为天地立心，为生民立命，为往圣继绝学，为万世开太平，高瞻远瞩，心气平和，一个"新"字，统领新军！

## 九

仲叔是奉先生之命，离家外出去寻找圣贤之人，有幸结识了润之这个奇才。在润之的身边汇集了一群胸怀救国大志的湖湘青年，特别是和他们共同经历了辛亥革命、清家王朝倒台，以及随之而来的，由润之领导的惊心动魄的"驱张运动"。他认为，事实证明了，毛润之就是他心目中的圣贤之人。那篇《心之力》，成为他常读常新的范文。

虽然斗争激烈，时间紧迫，也必须向恩师禀告一二，以安抚老人家的耿耿情怀。

哎呀，几年不见，先生老得好快啊！

见到仲叔，先生非常高兴："仲伢仔……你，怎么也长胡子啦？"

仲叔连忙下跪，向恩师请安。

先生发现："辫子，没有了！"

"没有了，扔到湘江，让它出湖口，去太平洋了！"

仲叔先拣先生爱听的禀报："当年，在长沙说过'只要湖南人没有死光，中国就不会亡'的那个人，正是湖湘才俊。其父听说清家将亡，吃过午饭，换了一套新衣，出门投河而死。"

先生不解地问："何以……如此？"

仲叔又把结识毛润之之事禀告先生。

先生异常兴奋："湖湘出人才啊！此润之，敢言'自信人生二百年，会当水击三千里'，而且并非妄论，可以说是一位奇人啊！"

仲叔随即把自己誊抄得工工整整的《心之力》呈送给先生看。

"哦，"先生的视力不行了，催促仲叔，"快念给我听。"

文章开头第一句，就打动了先生："宇宙即我心，我心即宇宙……"

"啊呀，"先生惊呼，"大气，大器！切中要害，暗合仁山、智水，天上地下，中华文脉之气度！"

仲叔继续诵读："若欲救民治国，虽百废待兴，惟有自强国民心力之道乃首要谋划，然民众思维心力变新、强健者是为首要之捷径！"

先生感叹道："年纪轻轻，有如此真知灼见！不过，欲改变之，必艰难之至！……"先生思维敏捷活跃，完全没有衰老退化的迹象。

仲叔读道："一句莫谈国事，便据民权为私器。孰不知天下兴亡匹夫有责？试问为天地立心何以立？为生民立命何以立？为往圣继绝学何以继？为万世开太平何以开？若我辈之人此心已无，则中华即将亡亦！中华亡则人类必亡亦！"

先生不禁泪下如雨。

仲叔从未见到先生如此动情，不知如何是好！

先生摆手，稍许之后才说："润之真是圣贤之人，奇才难得！恨不能见他一面，无奈老朽年迈体衰啊！"

仲叔一时不知说什么才好。

先生又说："我本是陕西关中横渠人。大儒张载，六百年前从河南开封迁居横渠。关中人把先生的学术称作'关学'，先生的'横渠四句'，成为'关学'的点睛之作。我信奉'关学'，苦斗了一辈子，血泪斑斑呀！仲伢仔，你幸运啊，我也幸运。"先生停顿片刻："大道本无我，青春常与君！你能够遇到润之，的确是幸运的！"

仲叔起立，恳切地说："弟子绝不辜负先生的教诲！"

被衰老束缚的先生，突然好像获得了解脱，对仲叔说了一篇大道理：

"一阴一阳谓之道，道生一，一生二，二生三，三生万物。阴阳生万物，道者为机枢。在天为天道，在地为地道，在世为人道。大道不息，青春常在。只有人，可识天道、地道、人道。不过，道非道，非常道，识道者，必然是明德、亲民、止于至善者，道乃堂奥。中华文脉滥觞于昆仑山下，独得仁山、智水，奔流不息，畅行千万年。周秦汉唐，自西向东孕育、滋养，何其震荡，造就了辉煌的泰山文化。仁山智水的道根，源远流长，中华民族何止一个泰山！道在东南，回旋游荡，酝酝酿酿，辗转反侧，径流布广，其间，新圣迭出，似有所图，却又迟迟未成大果。

"横渠四句，石破天惊，巍巍昆仑之阳，浩浩黄河、长江之阴，道法自然，天人合一！此千古绝唱，预言中国文化新的高潮，必将到来！我们等了六百年，已现端倪。大……"

仲叔听得入神，大有"到中流击水，浪遏飞舟"激情四溅的快感！

先生说了一个"大"字，戛然而止。

再一看，先生正襟危坐，安然睡去。

仲叔心想，这个"大"字的后面，必定是先生说过的话："大道本无我，青春常与君！"

此语极深、极重，是先生赠与后辈、弟子之佳言。悲亦哉，喜亦哉？！

仲叔认定拜毛润之为师。要在先人留下的那句破不了的"三千年未有之大变局"的难题上冲锋陷阵，矢志不渝！

毛润之对这位"念'板书',会耕田"的师兄,亦欣赏备至。

十

"黄河西来决昆仑,咆哮万里触龙门",它浩浩荡荡奔腾几千里,滋养了中华大地,从山东入海,造就了中原文化。"大江东去,浪淘尽,千古风流人物",负载着中原文化,直泄东南。经过湘赣,左旋右转,酝酿复酝酿,形成了洞庭、鄱阳两大湖泊,沃野千里,人杰地灵,为炎黄子孙孕育新人,锻造新手,再造了一个文化高峰。待到两湖造出艨艟大船,新人、新手就可以乘长风破万里浪,告诉大海,告诉太阳,昆仑来了!

先生临终点拨,仲叔对"横渠四句"的内涵、外延,有了更深的体会。想到润之在《心之力》中,把"横渠四句"作为中华励志的总则,证明"关学"早就活在润之心里;而且,润之的"新民学会"之新,新在哪里?就在破除封建官僚之歪门邪道,惩治卖国汉奸、洋奴买办愚民之道,以国家、民族新生为志向,缔造世界仁德勇武文明之新学为基石、为栋梁。"新学不兴,御敌难成"。

仲叔认为，润之的话，既摒除封建文化愚昧之道，又击破西方资本文化惑众之言。建立中华民族新生的"心之力"之道，方可御敌制胜。张载大儒撂在宋朝这四句话，事出有因，并非偶然。从开封到长安，宋元明清，沧桑巨变，这四句话，始终活在民族的心田，成为"关学"的主脑。

润之的"新学"里装着"横渠四句"，仲叔是要践行的。

七百岁的张载，今天遇到了弱冠之年的毛润之，这是中国文化的盛事，难得的机遇。

仲叔对润之的认识和判断，达到了信仰的程度。这当然和他十数年接受"板书"教育有关，特别是在参与润之领导的"驱张运动"中，看到了润之高出常人的胆识和智慧。

润之创办的《湘江评论》，接连刊出他几篇大文章，反响强烈，远播武汉、北京。

润之的影响正方兴未艾，北洋段祺瑞政府任命安徽军阀、师长张敬尧出任湖南省长、督军。

此人带着他的军队以及如狼似虎的三个胞弟敬舜、敬禹、敬汤进入湖南，坐镇长沙。张军所到之处，烧杀抢掠，奸淫妇女成百上千，死尸堆积如山，一时民怨沸腾，实乃对清王朝统治的复辟。

张敬尧下令封闭《湘江评论》，取缔由润之组建的湖南省学生联合会。

新民学会和省学联，组织了千人游行示威，反抗张敬尧的倒行逆施。

张敬尧命令开枪镇压，造成血案。

危急关头，仲叔在游行队伍中，保护润之脱险。

长沙城里的民国元老、社会贤达，个个失声。

二十六岁的毛润之，公开提出"驱张"口号，成为民国以来敢与之一较高低的领军人物。

全社会都为新民学会、省学联的年轻人捏一把汗。

毛润之从容地对伙伴们说："张毒有枪，我们有笔！要开辟一个文战场，制服这个坏家伙！"

是的，辛亥革命胜利了，却是惨胜！清王朝倒塌了，留下来的"垃圾"，堆积如山。

毛润之笑谈："毕竟是民国了。报馆在一夜之间全面开花，社会新闻，舆论战场，风起云涌。我们要组织调查团、控告团、请愿团，去衡阳、郴州、常德、武汉，直到上海、北京，控诉张毒罪行，把长沙的'驱张运动'打到全国去，看看到底哪个厉害！"

仲叔在这场以文对武的决斗中，杀到了最前线。

作为重灾区调查团团长的仲叔，多次在衡阳、郴州，主持召开万人大会，控诉张敬尧的累累罪行。

之后，又带着控诉材料，去武汉、上海，与新闻界、知识界、政治界广泛接触，扩大了影响，取得了很好的效果。

在郴州，仲叔突然遇到刺客，危难之际，站出来一位少年，开枪把刺客击毙。此少年正是他初到长沙时，用三十银元救下的落难者天桃。这孩子后来成为中华苏维埃反"围剿"战场上的英雄。此乃后话。

张敬尧终于倒台了，灰溜溜地离开了长沙，其弟张敬汤因为作恶多端，被判处了死刑。

最后，"驱张运动"获得全胜。

仲叔总结，此役意义重大。毛润之在风云突变、众人一筹莫展之时，独见玄机，从容进退，以己之长，攻敌之短，打败了这个杀人如麻的凶神恶煞，为全省除去了大害！更加可贵的是，润之在长沙多年，与众高官打交道，深受赏识，以为是难得的少年才俊。但是，润之除待之以礼外，始终坚守自己的本心，坚守明德、亲民、止于至善的原则，身入鲍鱼之肆，嗅觉异常敏锐，分得清与自身不同的异味，具有与生俱来的禀赋。对于社会普遍存在的旧道德、旧观念之腐朽味道，特别敏感。他思维中的"心之力"与这种异味文化，存在天生的抵牾，成为一道不可逾越的障碍！在仲叔心里，这是润之人性中最宝贵的品格。为中华文明重新布局，必须有这样的眼光，这样的品质，这样的意志，方可胜任、担当！

仲叔认定了：毛润之就是黄宗羲、王船山所言，中国在危难之时，就会出现圣贤之人以救国家；而且，不仅救国于危亡，还可将中国的文明，推向一个新的高峰，再出一座泰山，重新为天地立心，为生民立命，为往圣继绝学，为万世开太平！

诚如润之在《心之力》中说过的：

"故吾辈任重而道远，若能立此大心，聚爱成行，则此荧荧之光必点通天之亮，星星之火必成燎原之势，翻天覆地，扭转乾坤。……创中华新纪之强国，造国民千秋之福祉；兴神州万代之盛世，开全球永久之太平！也未为不可。"

在仲叔心中，如果能够成全这样的伟业，尽炎黄子孙之心力，虽万死亦无悔！

## 十一

在洞庭湖畔长大的仲叔，作为润之的同学，尽管被称为"师兄"，却甘拜润之为师。

诚实质朴的仲叔，从《心之力》开始，把润之当作一本新书来读。那篇文章里的思想，字字句句在他心中碰撞出火花，甚至引起化学变化。

润之在新民学会说："我们会员应该到世界去寻找救国的出路。"

由和森（即润寰）带头，学会会员分批赴欧洲勤工俭学，探求真理。

润之说："我们需要组建'文化书社'，汇聚国内外的新书，以启发智慧。"

仲叔便独挑此事，不舍昼夜，向上海、向广东、向日本、向俄罗斯发函联络，求购书籍。

"文化书社"开张之日，长沙的青年学子蜂拥而至，乃至当权的高官也前来祝贺。

润之对于俄国十月革命十分关注，组织了"俄罗斯研究会"，仲叔成为主要负责人。

第一次听说这场革命是由马克思列宁主义者办成的，润之急切地想知道，马克思、列宁是何许人？

仲叔翻遍了"文化书社"里从各地寄来的书报、杂志，寻到日本的一本出版物，其封底有一则书讯广告，几句简略的文字："河上肇简介马克思《资本论》，称此书为"欧洲工人阶级的《圣经》"。

润之如获至宝："啊！工人阶级的《圣经》呀，去哪里可以找到呢？"苦无着落，望洋兴叹！

寻找马克思，度日如年！

此刻，接到蔡和森从遥远的巴黎寄来的电报，说他在法国看到了马克思、恩格斯发表的《共产党宣言》，并且立即与大家分工合作，搬着《英汉字典》，一个字、一句话地翻译完毕，即日寄出，但愿能够平安到达，以解嗷嗷待哺之虞！电报中，还阐述了加速在中国建立俄式共产党的意见。

这封巴黎来信，简直像是从万里之外响起的隐隐春雷！久藏在润之心头的春天之渴望，苏醒、萌动加速了！

仲叔记得，当年曾经问过润之："三千年未有之大变局，该怎么看呢？"

润之不屑地笑笑："那不过是肉食者无奈的悲鸣。三千年未有之大变局还少吗？不是都变过来了吗？"

闻听此言，仲叔心里很解气，很过瘾，不禁脱口而出："中华文脉在，何愁大道唤不回！"

润之却摇头道："文脉虽在，软了一点哟。"

"啊？"仲叔的豪气，被润之"挫折"了，"软？那么，什么硬呢？"

当时，润之没有回答。

后来，从《心之力》文中，从润之不断的谈话里，仲叔逐渐明白了。这个"硬"的东西，是一种思想、理论。润之曾经说过，西方资本进入中国，表现得贪婪、无道。

然而，西方资本，创造了新的物质文明。这种物质文明，是我们所需要的。而资本的贪婪、无道，祸害世界的行径，又是对他们创造的文明的否定。以其人之身，还治其人之道，造出一个清明的世界，不更好嘛？！所以，我们新民学会的会员，要到西方资本的发源地去考察资本的渊薮。

俄国的十月革命，让润之欣喜若狂。李大钊系列文章发表，他立即响应，在《湘江评论》刊登犀利文章以回应之。他急需知道革命背后的哲理，用之指导自己的思想。因而，从巴黎寄出的《共产党宣言》，成为润之和大家盼星星盼月亮的期待。

掐指算来，邮件在路上已经行走了两个月零十天了。

俄罗斯研究会和新民学会的成员齐聚厅堂，等待仲叔从邮政局"请回"宝书。

"真乃久旱得甘霖啊！"不知是哪位说了一句。

"《共产党宣言》，讲些什么呀？"有人在询问。

在人们翘首以待之时，大门外传来重重的脚步声。

哦，是湘西人"赤脚大仙"来了。

他喜冲冲地闯了进来，看看左右，高声问道："怎么？老蔡的书还没有来呀？"

正热闹间，听到仲叔在院子里喊："来了……"

大家立即涌到厅堂门前。

只见仲叔双手捧着一个邮包，走上台阶。

邮包的外形像是一本书，厚墩墩的，上面端端正正地写着中文地址，旁边注有洋文："中国，长沙，新民学会，毛泽东仁兄启。"邮件几乎盖满了黑色、蓝色的印章。

润之接过邮包，仔细端详。

"润之，快点！……"大仙急切地要看内容。

仲叔拿过剪刀，拆开包裹。

众人着急地说："快念……"

润之示意仲叔为大家读取。

《共产党宣言》开宗明义，讲了一个"幽灵"！

"一个幽灵，共产主义的幽灵，在欧洲游荡。为了对这个幽灵进行神圣的围剿，旧欧洲的一切势力，教皇和沙皇、梅特涅和基佐、法国的激进派和德国的警察，都联合起来了。

"有哪一个反对党不被它的当政的敌人骂为共产党呢？又有哪一个反对党不拿共产主义这个罪名去回敬更进步的反对党人和自己的反动敌人呢？

"从这一事实中可以得出两个结论：

"共产主义已经被欧洲的一切势力公认为一种势力；

"现在是共产党人向全世界公开说明自己的观点、自己的目的、自己的意图，并且拿党自己的宣言来反驳关于共产主义幽灵的神话的时候了。

"为了这个目的，各国共产党人集会于伦敦，拟定了如下宣言，用英文、法文、德文、意大利文、佛拉芒文和丹麦文公布于世。"

仲叔一口气读了下来。

"哎，怎么是幽灵呢？"有人问。

赤脚大仙抢着说："嗨，幽灵好啊！那些在中国大地上的洋大人，神气得很，贪婪，残忍，不可一世！如今，在他们的故乡，一个幽灵在游荡……"他手舞足蹈地比画着："幽灵何其好啊！我愿意做一个幽灵，勾他们的魂，摄他们的魄，不允许他们作威作福！"

"对，我们就是要做这样的幽灵！"一个来自衡阳的人说。

大家几乎同时发问："润之，你说呢？"

润之兴奋地说："《共产党宣言》这个开篇，开得好啊，提神啊！真的是，共产主义应运而生，生当其时！"

仲叔又接着把"宣言"的四章标题大声地念了一遍："一、资产者和无产者；二、无产者和共产党人；三、社会主义的和共产主义的文献；四、共产党人对各种反对党派的态度；……全文的最后，是一句响亮的口号：全世界无产者，联合起来！"

随着仲叔朗读完毕，厅堂里响起了热烈的掌声！

这批在神州沉沦风雨中生长起来的湘湘青年，在祖国惨遭丧权辱国的悲剧中，呼吸到域外飘洒而来的新气息，什么"无政府主义""工读主义""互助主义""新村主义"等等。新民学会成员在一起研读过这些主义，认为它们都解决不了中国的问题。没有接触到马克思主义之前，新民学会暂定的目标是："改造中国，改造世界！"他们认为，封建主义的中国需要改造，资本世界也应该改造。

今天这篇《共产党宣言》，击中了新民学会成员心中巨大的痛点！

赤脚大仙喊起来："我愿意做共产党，不惜一拼，埋葬旧世界！"

同伴们纷纷鼓掌。

大家对这四个标题，产生了异样的美感，它把共产党的脉络呈现得非常清晰，意蕴深厚，逻辑性极强，锋芒所向，无敌于天下！

四个标题，无异于为共产党人建立起直入云霄的信仰大厦。

难道一点都不陌生吗？虽然是第一次看到，虽然有些陌生，但是，湖湘才俊也许不知道在什么时候、什么地方，在内心深处自然生成了接纳这些因子的基因。

"润之，咱们赶快组建中国共产党！"

润之却异常冷静，起立，对大家说："赶快抄录几份，仔细阅读学习。当我们真正找到真理的时候，就必定一往无前，百折不回！"

毛润之、蔡和森建立起来的新民学会，从这一天，步入了创建共产主义事业的大道！无论腥风血雨、艰难险阻，真理在手，无问前程！

## 十二

事后，仲叔问润之："何以说，《共产党宣言》开篇好呢？"

润之笑了："'幽灵说'一语道破天机！"

仲叔恍惚，不解。

润之进一步表述："马克思回答了我的'天问'。"

"哦？"仲叔感到稀奇。

"西方文明来到中国，口称自由、民主，实则侵略、掠夺。一帮西方'文明'的野兽，外加东方豺狼，使中国行将毁灭！人类文明，没救了吗？"

"噢！这就是'天问'！"仲叔同感。

"苦恼无解，才问天啊！"润之点题。

"马克思来了……"仲叔有所悟。

"对！"润之兴奋地说，"马克思的学说，马克思的共产党，在欧洲诞生了，引起资本家、资本主义一片惊魂！

共产党、共产主义、无产阶级、阶级斗争……于是，资本的奴隶要造反了，要做世界的主人，这是历史的规律。资产阶级和他们的政党，怎么可能接受这样的'天理'？必然是百倍的仇恨，千万倍的疯狂反扑！……师兄，你说这个开篇好不好？"

"好好好！这就叫一箭中的，射穿靶心！"仲叔激动地说。

润之感叹："我们有幸，看到了世界未来的曙光！"

"朝闻道，夕死可矣！"仲叔慷慨地回应。

润之起立："马克思厉害呀！读《共产党宣言》，让我们一下子站到了世界屋脊，欧罗巴近在咫尺。我们不仅看到现实，还看到了人类的历史和未来！"

仲叔心中无比感佩，他早就以为，润之是个奇人奇才！

毛泽东，字润之，生长在一个小康的农人家庭。故乡韶山冲，居有瓦屋，耕有薄田，屋后小山可依，房前水塘一方，举家衣食无虞。父亲持家，长于计算；母亲慈爱，宽厚善良。他受过私塾教育，文字功底深厚，喜读书，记忆力超强，无论经典，抑或通俗，都爱研读、浏览、考评。父母给了他强健的体魄，中华文化之典籍、诗词歌赋陶冶了他的性情。韶山冲这个小小的天圆地方、宜生宜居的所在，给予他生长的自由；强劲的思维能力，天地人赋予的灵气，史书和文学培植他丰富的想象力及炽热的情感，农耕的实践造就了他惊人的耐力。他是韶山冲这个特殊的地方生长出来的一株会思想的树——生命之树！

这个生于斯、长于斯的头脑，很快汇聚到中华文化的潮流之中。逻辑的力量，推动他走出韶山冲，冲向长沙。年轻的生命，果然看到了烽烟滚滚，江流不畅。

有市声传来："明日何日？国将不国！"

润之受到了震撼，认真追问："是谁说的？"

有人告诉他："是中堂大人说的，'中国遇到了三千年未有之大变局'，言外之意，就是没救了！"

"中堂……？哦，割地赔款，求和受辱，此乃中华民族之痛史！但并非无救呀？"

初到长沙的毛润之，颇不服气，四处寻找，竟然敏锐地捕捉到些微的欧风美雨之气息。什么牛顿、华盛顿，什么新大陆、南北战争，让他在憋屈中呼吸到了域外的空气。

他问自己，那是一条中国可以走的路吗？

他摇头。西方的工业文明，走在了人类前面；西方的自由、平等、博爱，来到东方，却换成了船坚炮利，换成了入侵、屠杀、抢掠。他们说的和做的，完全两样！中国人主张"己所不欲，勿施于人"，而西方人到东方来，却干尽了坏事。中国，不可以走这条路！

润之，在寻找，在思考……

他的记忆中，蹦出了宋代大儒张载的"横渠四句"：

"为天地立心，为生民立命，为往圣继绝学，为万世开太平！"

这四句话在东山小学念书时，悬挂在先生卧室的墙上，"继绝学"记在了他的心上。读书越多，越激起他对这四句话的酝酿与诘问，成为常驻心中的块垒。现在，这四句又跳了出来。面对西方文明和劣迹，中国文明到了死亡的边缘。三千年未有之大变局，必有新学，必有"为往圣继绝学"的新学。如今，正是出新学的档口……

马克思的《共产党宣言》，突然出现在他的面前。

真的是，"蓦然回首，那人却在灯火阑珊处"！润之兴奋之情，溢于言表，"自信人生二百年，会当水击三千里！"可以砥砺大局，此生足矣！

平静下来之后，毛润之用徽墨狼毫、蝇头小楷，恭恭敬敬地抄录、细读，特别感受到：

这是一座宏伟的共产主义大厦！大道至简，明白、通透、彻底，确实是新学，可以拿来"继绝学"。其犀利的语言，严密的逻辑，与中国文化之精华"天下为公，世界大同"自然契合！

润之感觉读这样的书，让他站到了人类思想的高峰。而今，人类生活在阶级社会，阶级斗争推动着历史的发展。资本主义社会，只是人类社会的一个阶段。无产阶级的历史使命，就是通过阶级斗争，推进到无产阶级专政，达到消灭剥削、消灭私有制的共产主义社会。这自然是异常艰难的斗争过程，自然也是人生最有意义的事业。

这次抄写，深深地刻进了润之的脑海，他体悟到：这是最先进的文化，最透彻的道理，也可以使情感升华到最美好的境界。经过抄写，他找到了人生的归宿，他内心深处的人文情怀、头脑中波涛起伏的想象力，得到了更广阔的天地。成为一名共产主义者，真是生逢其时啊！

他在抄本后面，写下了一段话：

"我们中华民族有同自己敌人血战到底的气概，有在自力更生的基础上光复旧物的决心，有自立于世界民族之林的能力！"

毛润之找到了"为往圣继绝学"的路径。

同年七月，他和仲叔作为湖南代表，去上海出席中国共产党第一次全国代表大会，双双成为中国共产党的创始成员。

## 十三

那天，润之从外面进来，见仲叔正在看《共产党宣言》手抄本，就笑着对他说："师兄，欧罗巴的幽灵附体了吧？"

仲叔点头："差不多。"

"那么，在亚细亚上空，也会游荡起来？"

"当然！"仲叔兴奋地站起来，"让西方列强、东方豺狼、清家余孽、北洋军阀、资本买办、汉奸国贼、媚外官僚……统统恐惧吧，仇恨吧，结成神圣同盟，疯狂反扑吧！"

润之强调："这个幽灵最厉害之处，就是消灭私有制！这是剥削、压迫之祸端。师兄，你我都是喝着私有制奶水长大的呀！"

仲叔回应："断绝这个祸根，共产党人应当义无反顾。国家兴亡，匹夫有责！"

润之拉过一把椅子，面对仲叔坐下。"欧罗巴农民的私有制，是被资本剥夺了的，由此沦落为无产者。我们的乡村，还有亿万农民处在地主、富农、高利贷、官府、外国资本的几重压迫下，他们的土地，天天在流失，正在沦落为无产阶级。这是共产党人应该好好考虑、正确对待的大问题。"

仲叔激动地说："润之，你又走在了前面！"

润之笑起来："哪里，哪里……"

仲叔严正地说："你在《心之力》中的名言，我记忆犹新啊！'宇宙即我心，我心即宇宙，细微至发梢，宏大至天地。'《心之力》的思维，确有超群的驱使力！……"

"哎呀，师兄，你还记得这些？那是一时兴起写出来的，不知天高地厚，冒出来的几句话，你还当真了！"

仲叔摇头："润之，我不是恭维你。你呀，一直在求新，而且，求新得新，很多事情都可以证明。其原因在于，正如你的《心之力》，思维独特强悍，眼力敏锐，论宏观，高深、辽远，论微观，细腻、精确，二者相得益彰，才能见他人之未见，得他人所未得。求新得新，绝非偶然！"

润之很受感动，欲起立致谢。

仲叔摆手："你听我说啊，润之兄，你的思维厉害；但更可宝贵的是，你敢于担当，在真理面前，不妥协，不苟且。我知道，你一直在孜孜以求地寻找如何制服压在中华民族头上的凶狠恶魔，一个是封建的，一个是资本的；一个是老旧的腐败，一个是新兴的强悍。这两块巨石压在我们头上，使得中国积贫积弱。如何掀翻它们，让中华民族重新站起来？！然而，求新，谈何容易？挑战，何其艰难！力量在哪里？武器在哪里？所幸，《共产党宣言》来了，欧罗巴那个幽灵，就是制服它们的利器！我知道，你，找到了，得救了，精神为之解放！我们多灾多难的民族，有了马克思主义哲学，有了共产党……"

听到这里，润之流泪了，站起来对仲叔说："师兄知我,我知师兄。大道初现,救国当紧,你我并肩同行、裂裳裹足、砥砺前行!三千年未有之大变局,不过是无奈者一声惊恐的告白而已!如今,我们得到了'为万世开太平'的钥匙,当为共产主义奋斗终生!"

仲叔补充道:"这是实实在在的'为往圣继绝学'啊!"

两双手紧紧地握在了一起。

毛润之反复精读《共产党宣言》,如获至宝,脑洞大开。他头脑里的中国文化,得到马克思主义智慧的点拨,迅疾引起"化学反应",那是亲和的慰藉、正义的呼唤、真理的逻辑。像闪电?不,像随波流淌的江河,像轰隆作响的天声,撞击着他的心扉,让他感受到,马克思主义,是超越资本主义的新思想,中国要想制服封建主义、战胜帝国主义这两条盘踞在中国人身上的恶龙,马克思主义是最先进的制敌武器。

长缨在手,何时缚住苍龙?!

求新求变的新民学会,由于找到了最新的终极真理——《共产党宣言》、马克思主义,而明确了归宿,有三十八名会员加入了中国共产党,很多人成为忠诚的共产主义战士,在异常艰险、曲折的征途中风雨兼程,威武不屈,贫贱不移,如蔡和森、杨开慧、夏明翰、向警予、恽代英、邓中夏等新民学会的会员和同路人，为共产主义真理，牺牲在阶级敌人冷酷、阴暗的刑场上，用自己的鲜血和生命，为同伴点燃了前进的火光！

以毛润之、蔡和森等湖湘才俊为代表的新民学会，在风雨如磐的旧中国走出这一步，并非偶然。那是中华民族到了最危险的时候，中国文化向旧世界发出的勇敢的挑战。求新，求变，在寻找解放的道路中，站得高，看得远，终于得遇马克思主义，幸甚至哉！

## 十四

《共产党宣言》使毛润之获得了"终极"真理。在他的头脑里，思考着的"历史""现实""未来"，得到了哲学的、政治学的、历史学的点拨和启发，智慧的光芒，旭日般在他的脑海里升起，破解了迷雾，廓清了方向！这正是"心之力"的光源，是思维力的倍增。肯定了自己求新、求变，改造中国、改造世界的真理性，以及付诸实践的可行性。千流归大海，作为中国文化，归入共产主义的大海，正是人类历史的必由之路。

在仲叔的协助下，毛润之立即开始行动。

很快，经过周密、细致的考察，毛润之完成了《中国社会各阶级的分析》。这是一篇符合中国实际的马克思主义重要文章，解决了"谁是我们的敌人？谁是我们的朋友？这个革命的首要问题"。

在广州出任"农民运动讲习所"所长的毛润之，听到了舆论界对于在中国大地上兴起的农民运动的指手画脚、说三道四，轻蔑之气扶摇上升，并引出封建地主、贵族老爷的代表登场。他们用最恶毒的语言，污蔑、谩骂农民运动，说是"痞子运动""糟得很""惰农运动""伤天害理""混账之极"……对方兴未艾的农民运动仇恨无比、不共戴天，尽情发作。

润之对仲叔说："水很深啊！"

仲叔回答道："谁是我们的敌人，谁是我们的朋友，舆论界还处在迷魂阵中。润之，我看，'响鼓必须重锤敲'！要重重地敲，直捣敌营……"

润之回湖南，对农民运动做了认真的考察，写出了振聋发聩的《湖南农民运动考察报告》。

农民运动，不是"糟得很"，而是"好得很"！不是"痞子运动"，而是"革命先锋"！毛泽东列举农民运动在乡间做的十四件大事，指出，这是亘古未有之奇勋！

右派们说："这简直是赤化了！"

毛泽东幽默地回应："这一点子赤化若没有，还算什么国民革命！"

他预见到，在"很短的时间内，将有几万万农民从中国中部、南部和北部各省起来，其势如暴风骤雨，迅猛异常，无论什么大的力量都将压抑不住。他们将冲决一切束缚他们的罗网，朝着解放的路上迅跑。一切帝国主义、军阀、贪官污吏、土豪劣绅，都将被他们葬入坟墓。一切革命的党派、革命的同志，都将在他们面前受他们的检验而决定弃取……"

真如仲叔所言，"直捣敌营，摧枯拉朽"！

一贯求新的毛润之，学了《共产党宣言》之后，写出符合中国实际的马克思主义经典之作。他的求新，实际上是求实，用马克思主义之箭，射中国革命之实，他也从而迅速超前地成为一个成熟的马克思主义者。

仲叔紧随其后，准备接受严酷的现实考验。

当时担任中央领导的瞿秋白同志，对这篇文章非常推崇，并希望毛润之留在中央工作。

润之婉拒之。是何原因？正是他求新心切，选择了留在一线。

马克思主义者，是自觉的战士！考验就在前面。

## 十五

一九二七年仲春季节，仲叔在中共湖南省委召集的联席会议上，突然得到党中央传来的紧急信息：四月十二日，蒋介石在上海发动反革命政变，联合江浙财阀、上海的地痞流氓，大行白色恐怖，袭击、屠杀共产党、总工会，窃夺了北伐成果。众多共产党员、革命群众正在流血，南京路上、黄浦江边，到处都是……

像是一枚从天而降的炸弹穿透了屋顶，在会上爆炸了。年轻的共产党何尝有过这样的奇特经历！一下子炸窝了，真的是大祸临头，有的哭，有的叫，乱成一团。

"砰"的一声，仲叔拍案而起，桌上的茶杯东倒西歪，茶水倾覆。

仲叔横眉怒目地说："我们是湖湘子弟，沉住气好不好？哭什么？润之早就说过，这一天早晚会来的，这是最后的斗争！"

大家平息下来以后，有人瓮声瓮气地说："唉，就是你们惹的。"

"什么？！"仲叔提高嗓门发问。

"算了，算了……"会议主持者一副息事宁人的样子。

仲叔强调地说："这是阶级斗争，是推不掉的！黄浦江的流血，在湘江也会发生的……"

主持者想制止仲叔发言。

仲叔抢着说出最后一句话："让阶级斗争观念，进入你的胸膛，你就会处于主动的位置，否则，就会措手不及……"

仲叔感慨万千：大家都在学习《共产党宣言》，但是，入心了吗？入脑了吗？唉，润之说，"真理，要靠实践，才能学到手。急不得的"。

此时，润之不在长沙，是在党中央工作。在广东？在武汉？在上海？仲叔很担心他的安全，心里为他捏把汗。润之的思想独树一帜，不仅被右派仇恨，必欲置之死地而后快；就是左派，就是在党内，也处于少数人认同的境况。他的求新思想，总是冒出地平线，让人目眩、刺眼……啊呀，此刻，他最好不在上海……

联席会上不可收拾的状况，让仲叔忧心如焚。大变动来了，血雨腥风的气息已经嗅到了，如何迎接？

月黑风高的夜晚，润之回到了长沙。

昏暗的灯光下，润之坐在靠背椅上，抬手向仲叔示意："我马上要走，你也要走。我要走'枪杆子里面出政权'这条路。"

仲叔立刻表示："我跟你一起去。"

"不，"润之摆手，"中央决定，一些上了年纪的同志去莫斯科，其中有你啊。"

"啊呀！"去莫斯科，是仲叔想过的，可是，此刻去，舍弃了武装斗争，舍弃了和润之一起战斗，"不行……"

润之摇头，不让仲叔说话："等到我们打出一片天地，就唤你们回来，会有事情做的！"

仲叔极为难过，也极不服气，想要争辩，被润之制止了。

"要有长远观念。中央这个决定是对的，没有商量余地哦。"

仲叔只好闭嘴。

"走时，带上天桃吧，他可以照顾你。到了苏联，让他进入红军的军校，将来有用啊！"润之叮嘱道。

"你什么时候走？"仲叔问。

"今天晚上。"

"呀，开慧和孩子们怎么办呢？"

"没有办法啊。"

"把他们送回我的家乡，好吗？"

"你也没有这个时间呀，天一亮就得走了。"

仲叔着急得几乎哭出来。

润之安慰道："开慧他们暂时还没有危险。时局变了，不能拖拖拉拉啊。我们的敌人凶残之极。在上海，除去任意开枪、屠杀之外，还把很多同志装进麻袋，扔到黄浦江里……这是血海深仇！师兄，要适应新的形势，万万不可掉以轻心，赶快行动，以免延误！"

仲叔被润之催促得浑身发汗，真的是猝不及防啊！

远处传来枪声。

润之说："我去看看开慧。你到水西门去，那里有人在等你。"

黑夜沉沉，二人在大门外分手了。

## 十六

天亮时分，仲叔坐上了一条木船，无奈地离开了长沙；到了岳阳，换乘大船到武汉，又上了火车；沿途不断有同行的同志加入。

他心里感慨，党内真的有能人啊！如此运筹得当，不遗不漏。

深秋，到达了海参崴，得知李大钊同志在北京遇难，心痛不已。

终于，在冬天，一行人来到了莫斯科。

其间，陆续听到"南昌起义""秋收起义""广州起义"

的消息，结果如何？却似石沉大海，着实让仲叔牵肠挂肚。来到了曾经日夜向往的莫斯科，离开了国内轰轰烈烈浴血奋战的前线，闻不到硝烟，听不见胜败，心中迷茫，莫斯科满天的白雪，静谧得无声无息。

遥望南天，正在受难的祖国，杳无声息！仲叔惦记着那些勇士、战友，他们义无反顾地奔向战场，血拼强敌，慷慨以赴，如今，究竟怎样了？没有一点消息啊，他内心备受煎熬，噩梦连连，寝食难安。

同伴劝道："仲叔啊，冷静下来吧，看你都熬成什么样子啦！"

"是。"仲叔点头。

同伴们都是四五十岁的人，是见过世面、经过风浪的政治家，比仲叔冷静得多。

大家对仲叔说："俄文太难学了，你快想想办法，找人来给咱们辅导一下吧！不然，俄文过不了关，看不懂马克思的书，我们可怎么学习呢？"

是啊，仲叔是班长，应该想办法，让大家能够看懂俄文版的马克思原著。

于是，仲叔找到莫斯科中山大学的青年班，请求来人帮助。

真好哦，一位称得上精通俄文的年青留学生，听说老年班有困难，前来帮忙。他为人热情、不怕麻烦，把自己学习俄文的经验，一一传授，效果很好。

老年班的俄文学习有了起色。

这位年轻的共产党员是浙江人。熟悉了以后，才知道他是宋朝大诗人秦观的后代，名为秦邦宪，又名博古。

他不仅俄文好，辅导的效果好，课余还教老同志们唱俄文歌。其中一首，旋律优美，词语抒情，豪放动人。

中文唱词如下：

> 我们祖国多么辽阔广大，
> 他有无数田野和森林。
> 我们没有见过别的国家，
> 可以这样自由呼吸。
> 打从莫斯科走到遥远的边地，
> 打从南俄走到北冰洋，
> 人们可以自由走来走去，
> 他是自己祖国的主人。
> ……

听到这首歌，仲叔流泪了：我的祖国，何时可以这样自由呼吸呢？

仲叔心重，质朴、赤诚，此次奉命无奈"出走"，一直挂念着润之。分别那天凌晨，真个是横跨两端！

到了苏联,虽憩息而无安。唯有啃俄文、读马列,得以缓解忧愁。

书,一本一本地读,比登山还难。不过,马列理论,可以开窍、解忧。俄文版的《共产党宣言》《国家与革命》《反杜林论》《家族、私有制与国家的起源》等,俄文、马列,虽然艰深,但是从中学到了辩证唯物论、历史唯物论,仲叔眼界大开,确信马克思的共产党、共产党领导的革命,有坚实的理论依据,真理在握!他还体会到,马克思主义的精髓,有很多地方与中国传统文化中的经典相契合,孔子、老子、墨子,儒家、道家、法家等的智慧,都可以找到同马克思的思想共鸣之处;而张载、王阳明、王船山、李贽、顾炎武的思想,也可以从马克思主义中得到启示和滋养,用以为民造福。真理无国界,真理最自由!由此,他又想到了润之。

仲叔读着马列著作,读出了味道,联想到润之的思想,似乎找到了源头。润之的头脑里活跃着的多元文化,在马克思那里可以融为一体,由此而获得改造中国、改造世界的路途,实乃中国之幸,真的是太好了!他从内心祝愿润之自那天分手之后,能够逢凶化吉,渡过险关。

故此,身在莫斯科的仲叔,在每年六月廿五深夜、廿六凌晨,都要书写一次"心里话":

"造化钟神秀,阴阳割昏晓,横跨两端,书写读马列之心得体会，以遥寄思念与希望……"

仲叔的留学生涯过得很艰难。啃读俄文版的马列经典，从中吸收导师对资本主义这个怪物——贪婪的暴发户、欲壑难填的侵略者、追逐利润永无止境的剥削者的深刻解剖、透彻批判，以及睿智的、合乎历史逻辑的预判：剥夺者被剥夺的必然结果……从而启蒙、得道，体味着身心得到解放的快乐。同时，立即会想到润之，他的理想，就是反对封建主义，反对资本主义，建立一个清平世界；他的求新，就是要超越资本主义。马列经典的意义和价值，就是润之说的"硬一点"，这个"硬"，就在于它的合理性、必然性。

为真理而斗争，这就是中国人的"道"，中国文化中合乎天理、合乎人性的正义性。正义的事业是无敌的！

仲叔在熬日子，漫长的岁月里，南方如何啊？一点消息都没有。他想了很多办法去探听，依然是无影无踪，这让他感到度日如年。他确信自己找到了圣贤，确信润之找到了救国救民的道路。他渴望早日回国，参加战斗，以助润之一臂之力，保护润之平安，呵护这未来的希望。

在苏联留学，仲叔是数着日子度过的：

从长沙出走那一年的六月廿五深夜、廿六清晨算起，到第二个六月廿五、廿六，是365天；到第三个六月廿五、廿六，是730天；到第四个六月廿五、廿六，是1095天；

到第五个六月廿五、廿六，本应是1460天；但是，距离第五个六月廿五、廿六还剩41天之时，仲叔接到了党中央通知回国的命令而欣喜若狂，立即想起杜甫老人的诗句：

> 剑外忽传收蓟北，初闻涕泪满衣裳。
> 却看妻子愁何在，漫卷诗书喜欲狂。
> 白日放歌须纵酒，青春作伴好还乡。
> 即从巴峡穿巫峡，便下襄阳向洛阳。
> ……

## 十七

在莫斯科，仲叔得到了确切的消息，朱毛红军在江西，打出了一片新天地，中华苏维埃共和国，就要出现在新的土地上。真是天大的喜事啊！已经五十五岁的仲叔，不禁手舞足蹈起来。

仲叔一时热泪盈眶，难掩久盼的激情，急切地追问，何时能够启程回国？

也许，因为他是润之亲近的战友，得以先行回国，成为去往江西圣地之捷足先登者。

仲叔多年盼星星、盼月亮，终于可以回归了，归心似箭啊！

在莫斯科扮成商人去海参崴，再改扮成学者，到达了上海。

后续者还没有到齐，接待的同志说："中央很忙，等到齐了才能听取汇报、分配工作。"

在上海，仲叔听到：杨开慧被反动军阀何键杀害了！他胸中怒火燃烧，泪如雨下，心里急于去往苏区，到润之那里参加战斗！

等待的日子如此难熬，仲叔的头上，平添了几多白发。

一天夜里，仲叔刚刚和衣躺下，突然有人敲门。

打开房门，是接待者陪同一人前来。

仲叔定睛看去，差一点叫出来，赶快上前："是博古同志啊！"

对方摆手，示意噤声。

仲叔悄声说："老朋友。"

接待者在一旁说："他是中共临时中央政治局委员、团中央书记。"

仲叔爽直地连声说："好啊！好啊！"

博古转身对接待者说："我们是老朋友哦。"

然后亲切地告知仲叔:"中央同意你先走,前往苏区,参加中华苏维埃共和国成立大会。"

仲叔一时感到十分欣喜。

博古又对仲叔说:"现在苏区正在进行第三次反'围剿'战争,前两次都取得了伟大胜利,这一次肯定也会胜利,为苏维埃共和国的成立献礼啊!"——交代了启程的安排,之后,与仲叔紧紧握手、离去。

瞬间难觅,贵如金啊!

仲叔顿感自己的生命似乎可以伸展开来,享受空气和阳光了!

"枪杆子里面出政权!"润之这一步走得对,走得好,走出了新境界!这一回,真的要"万里赴戎机"啦!

好不容易从上海出发了,路上很不顺,行程不断改变。到了汕头,离苏区不远了,又有变化。听带路的同志讲,出了叛徒,党遭受了重大损失。接近苏区时,仲叔被告知:蔡和森同志牺牲了,敌人非常残忍,和森同志悲壮赴死!

得知噩耗,仲叔紧握双拳,咬牙支撑。

和森是润之的亲密战友,共同创建了新民学会,勇敢地肩负起盗火者的重任,去巴黎寻找马克思主义,还翻译了《共产党宣言》传回国内……够得上中国共产党创始人的资格。"他和润之,都是我的革命领路人啊!"面对和森的英勇就义,仲叔心中翻滚着"浩然充两间"……

行行复行行,挨到十月,进入苏区。

去瑞金的路上,可以大声说话,可以自由呼吸,果然是一片新天地。沿途看到人们正在扎牌坊、挂灯笼,庆祝反"围剿"的新胜利。

仲叔不禁为之激情澎湃!深感润之说的"枪杆子里面出政权"实乃至理名言,他为此诗情发作,用湖南花鼓调唱起来:

> 韶山冲金鸡,
> 井冈三啼,
> 中华正雄起。
> 神州血,
> 江河泪,
> 洪荒万钧力。
> 铸鼎三足,
> 东方白,
> 倾盆雨。

情深意切,连唱不辍,忘乎所以。

路人驻足,带路者惊异,不知所云……

瑞金遥遥在望，白塔、石桥、樟树巍巍然列阵，华盖如云，翠绿掩映。通衢道上，行人往来如织。哟，仲叔第一次看到了一个红军：八角帽，红领章，长枪随身，从从容容，一脸喜气，真好啊！枪杆子里面出政权，没有这个，真的不行哦！

一骑飞马奔来，快到仲叔面前，紧勒缰绳，马儿仰头、停步。

从马上跳下一位年轻的红军，大声喊道："仲叔爹爹，我是天桃啊！"

"啊呀！"仲叔吃惊地问，"是你啊？！"连忙走过去，把他举到帽檐的手拉下来："快站好了，让我看看！伢仔，又长高了！"

天桃摇头，遗憾地说："没有呀！在长沙我是一米六七，在苏联军校毕业时，才长了一厘米……"

"呃？"仲叔高兴地问，"你想长多高呢？"

"一米七五呀。"

"哟！"仲叔笑了，"不要长那么高。"

"为什么？"天桃不解地问。

"费布啊！"

"噢！"天桃顿悟，傻傻地点头，"是要费布的。"

仲叔伸手，刮了一下天桃的鼻子，亲昵地拥抱他。

这个苏联苏沃洛夫步兵学校的优等生——胡天桃少尉，

回到苏区以后，经历了一年多的征战，已经是荣获中国工农红军红星奖章的英雄营长。如今，在仲叔父爱般的拥抱中，幸福得像是一个孩子。

"唉，你怎么知道我来呀？"仲叔发问。

天桃回应："是毛委员派我来的。"

"他在哪里？"仲叔急切地想见到思念已久的润之。

天桃悄声说："我们取得了第三次反'围剿'的大胜利，就要在瑞金建立苏维埃共和国，这里要成为首都了，他忙得不可开交，让我来接你。"

"哦，那什么时候可以见到他呢？"

"爹爹同志，请上马吧！"

仲叔连忙站到英俊的红马前，却不知如何骑上去。

天桃拍拍马头，对它说："这是我的爹爹，毛委员最牢靠的战友——仲叔老同志，你来认识一下。"

红马似乎听懂了，歪头顾盼，稳稳当当地站着，等待尊贵的老人上马。

仲叔惊异地问："它懂得你的话？"

"当然，它是无声战友！"

仲叔伸手摸摸马颈，还是不知道该怎样上去。

天桃扳鞍纫镫，做了示范。

仲叔笨手笨脚，被天桃托起一推，骑了上去。

天桃边走边说："马儿是通人性的。"

"对，"仲叔想起了家中的老牛和大黄，"嗯，我看这马儿慈眉善目，至善至美，果然是匹好马！"

天桃夸赞道："真是至善至美，可是，它也很倔强。只要有一匹马跑到了前面，它就要放开四蹄猛追，绝对不甘落后。"然后又叮嘱说："爹爹，以后你就得以马代步啦，毛委员会给你配一匹好马的。"

仲叔又着急地问："我什么时候能够见到他呢？"

"他太忙了，可能要到今天夜里。"

噢，仲叔心想，又是夜里呀……便问道："他，好吗？"

"就是太累……"天桃回答道。

"我可以帮他呀！"

"帮他？"天桃在新民学会待过，知道他们的关系，仲叔确实是润之的大帮手。但是，在这里，可不是当年啦。

仲叔疑惑地发问："怎么？"

天桃答非所问地说："爹爹先住下，一路劳累……"

仲叔问道："住在哪里？"

"招待所，"天桃解释说，"那里原来是一方面军的接待处，现在改了名字，叫中央局招待所，就在县衙旁边一处院子。你先好好地休息休息……"

仲叔没有想到，到了家门口，还见不到润之，不由得心里起急。

马过石桥,进了城。街上行人稠密,到处都是红军。即使是百姓,也是新的装束,腰扎皮带或布带,有的人还挎着枪,英姿飒爽,真有些苏联的样子。

"唉!"仲叔暗暗宽慰自己,"总算是到了。"

## 十八

住进了苏区中央局招待处,处长送来一套红军军服,天桃动手,帮助仲叔脱掉了长衫,换上军衣,戴上军帽,俨然是一个留着一撇花白胡子的老红军啦!

第一次穿上这样的衣服,爽得很,仲叔说:"天桃,伢仔,说说你……"

天桃从上衣口袋掏出一枚五角星的奖章,双手捧着送到恩人手里。

"噢!"仲叔惊奇地问,"奖给你的?"

"是。"天桃腼腆地回答。

"英雄啊,快说说……"

"我二九年回到国内,毛委员还记得我,让我去一军团,有幸参加了一、二、三次反'围剿'战役。先当排长,后当副连长、副营长,现在是副团长。"

"啊哟,娃娃,你才十七岁呀!"

"我们的军团长,也不过二十几岁。"天桃平静地说。

"自古英雄出少年!负伤了吗?"

"小小的,一点点……"

仲叔急切地说:"快让我看看。"

天桃无奈地露出了右臂,臂上果然有一个弹洞,比画着:"从这里进去,从后面出来,已经长好了,没事。"

"还有呢?"

"不用看了,在屁股上呢。"

"要看,要看,让老爹看看……"仲叔坚持着。

天桃只好解开裤子。

屁股右边有一块大疤,已经长好了。

仲叔心疼地说:"伤得可不轻!"

天桃不在意地说:"我运气好,只是留下了一朵玫瑰花,没有伤筋动骨。您老人家放心,照样打蒋介石。"

"还有啊?"仲叔见天桃撸起袖子,惊奇地问。

"这里,"天桃指着右手腕的伤疤,"是机枪扫的。"

仲叔看着,眼眶湿润了。

天桃尝到了父爱般的亲情,把头扭向一边,抑制着自己内心的激动,从木壳中拔出驳壳枪:"第三次反'围剿',我换了这支枪,是德国造二十响,可以当冲锋枪使呢!"

仲叔看着天桃的演示,心里非常高兴,真是少年英雄啊!

他又着急地问:"伢仔,我很想知道润之的情况……"

天桃打开了话匣子,大声说:"啊呀,我最想跟您说,我们的毛委员可神了!"

"神了?"仲叔问,"怎么神了?"

天桃兴奋地说:"我从苏联回来,正赶上第一次反'围剿',毛委员见到我就说,'娃娃,你回来了,在苏联学了什么呀?'我赶快回答,'在苏沃洛夫步兵学校……'毛委员马上问我,'哦,那你知道苏沃洛夫用兵的长处是什么?'我一下子被问住了,毛委员就对我说:'以少胜多,以弱胜强,以退为进,后发制人,很符合我国古圣用兵的原则……'我顿时面红耳赤,额头出汗。毛委员又接着说:'苏沃洛夫很了不起的,你初出茅庐,去林彪那里,当个排长,好好锻炼……'说得我好羞愧啊!

"第一次反'围剿',蒋介石派了张辉瓒,领兵十万,长驱直入,不把井冈山下来的朱毛红军当回事。敌人来势汹汹,我们真的是以退为进,结果正像毛委员的诗句'齐声唤,前头捉了张辉瓒'!这位总司令见到毛委员,扑通一声跪下磕头,'润之,饶我一命,你需要什么,我都可以做……'原来他认识毛委员,毛委员好像列出了清单,蒋介石似乎也同意交换……结果,这个家伙民愤太大,不知

被哪个斩杀了，没交换成。据说，当时蒋介石仰天长叹：'呜呼石侯，魂兮归来！'

"蒋介石随即任命手下最大的官何应钦，领兵二十万，采取稳扎稳打的战法，进行第二次'围剿'，而我们还不到四万人，对付二十万国民党摆开的战场，先打弱，后打强，连打五仗……毛委员又作诗了：'七百里驱十五日，赣水苍茫闽山碧，横扫千军如卷席。有人泣，为营步步嗟何及！'蒋介石怒骂何应钦是饭桶、草包……

"之后，南昌的报纸上说，蒋介石大哭了一场，亲自出马，重整旗鼓，领兵三十万，进行第三次'围剿'，吹嘘三个月消灭井冈山的朱毛红军。

"蒋介石以为兵多将广，可以多路进攻。好啊，我们奉行：打得赢就打，打不赢就走，或隐或现，或进或退，你打我时，让你打不着，我打你时，一打一个准！我们就牵着敌人的鼻子游行，我们轻装，敌人重装，我们快如飞，敌人慢如牛，这个仗打起来，把敌人胖的拖瘦，瘦的拖死，筋疲力尽，士气低落。而我们出没无定，此役，歼敌三万，缴获枪支、弹药、骡马、辎重堆积如山。我这支枪，就是这次得来的。蒋介石牛皮吹破了，亲自出马，败得更惨。此后，国民党二十六路军起义，装备精良的一万七千人参加了红军，成为新建的红五军团……"

听了天桃的叙述，仲叔拍案惊奇，一路上的奔波劳累,一扫而光。站起身来,高兴地说:"小伢仔,这下可好了!"

天桃也赶快站起来,等待仲叔的下文。

仲叔问:"你知道蒋介石究竟是何许人?"

天桃摇头。

"此人,借中山先生的名望,窃取民国权力,真可谓'挟天子以令诸侯',把清朝政府遗留下来的旧军阀一一收买、剪羽,成为当今中国最有势力的新军阀,横在国民革命的路上,是阻挡革命前进最狠毒、最狡猾、最危险、最无耻的死敌!但是,这个自以为最有力气的家伙,也斗不过我们的毛委员、毛润之、毛泽东……"仲叔拍手称快,哈哈大笑。

天桃天真地问:"为什么?"

"伢仔,"仲叔激动地说,"你讲的正是我想听的,曾经是我预料的,更是我盼望的,都实现了!你问我为什么?原因是多方面的,归根到底是思想、智慧、文化……"

天桃摇头,不大明白。

"蒋介石的思想、智慧、文化,一言以蔽之,是三百年清朝遗留下来的奴才文化和买办文化的合流。这种文化,在洋人面前直不起腰,在国人面前以主子自居,搞独裁统治,所谓,'宁赠友邦,不予家奴'。这种文化,遇到帝国主义侵略,造成三千年未有之大变局,只能一筹莫展。而我们的润之,深得中国文化之精髓,秉持继绝学之大志,正好遇上了俄国革命,得到了马克思《共产党宣言》先进思想的启发,可谓生逢其时,西方文明孕育的先进文化——马克思主义与古老的东方文明之思想文化巧遇叠加,由此生成的智慧……"仲叔陷入了思索之中,"绝对是新世界的曙光……"

天桃毕竟是十七八岁的孩子,对于仲叔的兴奋和发挥似懂非懂。

仲叔觉察了,笑呵呵地说:"天伢仔,你这个小英雄,我说得太远了。不过,你是新文明的缔造者,小小年纪,不惧生死,敢于问鼎,为新文化、新世界的开拓、前行做贡献。"

与其说天桃听懂了,不如说是看懂了这个老人父辈般的温情。他笑着回应:"老爹,在战场上牺牲是常有的,而且越怕死,死得越快。朱老总、彭老总,身经百战,在枪林弹雨中出没,到现在都没有负过伤!再说打仗么,死就死,我没死,是别人替我死了,如果我死也是为了别人活着,死是光荣的!"

"好啊,好啊……"仲叔从天桃的生死观,看到了润之统领下的朱毛红军战士的思想境界与崇高品格。

## 十九

从天桃那里，仲叔知道了中央要在瑞金建立中华苏维埃共和国，润之正在为此事忙碌。

建立中华苏维埃共和国是件大事。仲叔刚从苏联回来，走俄国人的路，是中国共产党早已选定的。他想起了四年前六月那个夜里，润之回到长沙，匆匆赶来让他天亮即走，后来才知道是去苏联避难。润之也抛妻别子，赶到乡间，领导了一场"秋收起义"。一介书生，不畏强敌，不惧凶险，曲曲折折，聚义井冈山，进军闽西赣南，建立工农政府，分田分地真忙。此举，震动了山河，星火燎原，朱毛红军堪称魁首、典范，今日建国乃必然之事。

天桃所讲的一、二、三次反"围剿"的胜利，更让仲叔大放宽心。润之正式走上政治舞台，面对的是旧中国最后一个万凶之首、万狠之首、万毒之首。这"三首"，是当今最强的三头凶龙，积旧文化之大成者，与新文化之领军者的较量、争斗。第一场，三战三捷，把蒋介石气哭了，此事非同小可，以少胜多，以弱胜强，这背后的学问，怎么估计都不为过！

湘人得天时、地利之灵气。宋以降，文运翻新，大师迭出。近代出了个曾国藩，统领湘军，以文治军，远胜清家之"八旗"。润之深得其奥，举一反三。泱泱大国，满坑满谷的旧文化、旧道德，涌塞了江河大地，必须摧枯拉朽，改之、换之，寻回古老民族的智慧、魂魄，接受新世界的风雨，再造新文化、新道德，让中国重返世界民族之林。润之心中，久久萦绕于怀的事：继中国之绝学，开万世之太平。

在中国，润之遇到的对手，非蒋介石莫属，初次交战，虽强弱悬殊，失败最惨的还是他们。

用餐时，只有仲叔一人，一碗红米饭，一盘空心菜，三条手指大的小河鱼。

处长端来一碗丝瓜汤，歉疚地说："很对不起，您是中央来的老同志，接待处刚刚成立，还有很多困难没有解决，只好先凑合了。"

仲叔肚子已经饿了，抄起筷子，回应说："我是湖南人，湘赣两省是兄弟，洞庭、鄱阳是姐妹，我是吃红米饭长大的……"他突然用江西口音说了一句："好恰，真好恰！"随手夹起一条小鱼，熟练地用筷子夹住鱼头，轻轻一抖，抽出鱼骨，放入碗里，畅快地下饭……他心里并不觉得简陋，反而感觉尝到了家乡的味道。虽然已经年过半百，桌上的饭菜一扫而光。

眼看到了十月底,赣南还是火烧天。趁着润之没来,仲叔到街上,看看很快就要成为中华苏维埃共和国首都的小城——瑞金。

城外,远山连绵起伏,郁郁葱葱一抹黛色,天际云蒸霞蔚,把秋日的白塔、城垣,衬托得格外壮丽。

仲叔请教路人:"这座山叫什么名字呀?"

"笔架山。"路人回答。

"噢!"仲叔会意,"是有点像笔架,敦实沉稳,好作文章了。"

在熙熙攘攘的人流中,仲叔看见一位老人,须发皆白,笑容可掬。路人以崇敬的目光向他致意。仲叔心想,他是谁?

老人也发现了他,红军见得多了,没见过这么老的呀?转身走进了油盐店。

仲叔犹豫了一下,跟着也进了店。

老者在卖盐的柜台站住,摸出几个光洋,又拿出一个纸片,递给卖盐的后生。

后生收下光洋,把小小的纸片还给了老人,从柜台下面,称出大约半斤食盐,倒入老人手里的小布袋。

听旁边的人说,买盐者是唢呐王——伍中元。

呦!仲叔惊奇了,这"伍"姓,是我们湖南独有的姓氏啊!

仲叔跟随唢呐王走出了油盐店，问："老哥，买盐呢？"

"是的，买盐。"唢呐王回答。

"就买这么一点？"仲叔看着老人手里的小布袋。

"贵呦，"老者给仲叔看那个小布袋，"半斤、八两，光洋五元。这还是因为我儿子是红军，优待呢。"

"噢，你儿子是红军，在哪个部队呀？"

"红一军团。"

"哦，红一军团……"仲叔心里想，他的天桃也是红一军团。

"你老哥……"唢呐王也想问对方，犹豫了一下，"……是老红军？"

仲叔坦诚地摇头："我刚参军。"

"你，做什么呢？"老人关心地问。

"哎呀，我也就是会写写字吧。"

老人高兴地笑了："会写字，不错啊！我们吹过这样的调调，'天子重英豪，文章教尔曹，万般皆下品，唯有读书高。'……"

仲叔哈哈大笑："你老哥……'万般皆下品'，这是旧调调啦！"

"谁说不是呢，"老人敞开胸怀，说道，"我们这个行当，在旧社会是下九流，是被王爷、财主骂作'忘八'的贱民！

忘八是忘掉孝悌忠信礼义廉耻，老百姓称'王八'，其实呢，真正忘八的是王爷、财主、豪绅……"

仲叔说："你说得太好啦！老哥，贵姓呀？"

"免贵，我姓伍，叫伍中元，老家在湖南。"

"我是湖南人，家在洞庭湖边。伍姓，在我们那里是出人才的哦！"

啊呀，伍中元好高兴，有些"他乡遇故知"的感觉。

仲叔问："老哥，听说要在瑞金建国的事吗？"

伍中元点头，又摇头，看着这位忠厚的老红军，鼓足勇气说："年轻人太急啦。这么小的地方，白军封锁得很紧，连盐巴都吃不上，这个国，太难啦。"

仲叔点点头说："老哥，家住哪里呀？"

"我家在南门外下洼地，过去，进不了城啊。可如今进城了。国民党靖卫团团总跑了，让我住进去了。我不愿意去，儿子不干，说怕什么，革命啦，敢革命就敢住，你不住，好像怕他们！他杀过来，我杀过去，既然革命了，就没有后路可退啦……你看，儿子这话，好像我怕敌人似的……"

"儿子说得对呀！他在一军团干什么工作？"

"司号长。"

仲叔不明白司号长是怎么回事，但是有个"长"字，自然非同一般。他觉得老哥的话有些道理，应该说给润之听。

说话间，走到一座高门楼前。

伍中元停下脚步，指给仲叔看："我就住这里。请问老哥贵姓，怎么称呼？"

"我姓仲，是红军队伍里的新兵，叫我仲叔就行。"

"哦，仲叔老哥，进来坐坐吧。"

仲叔说："我想去叶坪看看。改日一定来拜访。"

老人听说要去叶坪，觉得是件要紧的事，就不勉强了。

## 二十

夜里十二点以后，处长匆忙来到房间里，对仲叔说："毛委员今夜要来看你。"

仲叔一直在等候润之，总算得到了确切的消息，连连说："好啊，好啊……"

处长出门时，把煤油灯捻得很小很小："仲老，毛委员来了，油灯可以捻大一些哦！"

处长的提醒，又一次让仲叔明白了封锁的可恶！和润之分别几年了，心里有说不完的话等待向他倾诉啊！

……

院里传来了马蹄声，想必是润之来了。

"仲叔在哪里噢？"

听到了润之的声音，仲叔立刻迎了出去，黑暗中，两人差一点碰了个满怀。

处长赶快把灯捻拧得大大的。

灯光下，仲叔看着润之，头发长长了许多，披撒下来，头上戴着一顶褪了色的帽子，身穿一件纽扣不全的军装，脸庞消瘦了许多，当年风华正茂、英姿勃勃的青年，如今只有那双眼睛，还炯炯有神。

"仲叔！"润之激动地搂住仲叔的双臂，"让我好好看看你！"之后，打趣地说："噢，你让苏联的牛奶、面包养得好胖呦！"

"润之，你瘦得好厉害呀！"仲叔心疼地说。

润之显得疲惫不堪，笑了笑："你不是说过嘛，'天将降大任于是人也'……"

"快坐，快坐下。"仲叔拉着润之坐在椅子上。

处长端来茶壶、水杯，为二人斟茶："你们聊，好久没见了吧！"

处长离开后，润之心情复杂地说："仲叔来了，很好。不过，事情不是那么顺利……"

仲叔不解地说："天桃跟我说了，一、二、三次反'围剿'，胜利一次比一次大啊……"

润之苦笑，悄声地说："恐怕以后就没有那么顺利了。"

"为什么？"仲叔问。

润之坦诚地说："我体会到，儿媳妇不好当。"

仲叔突然明白了："噢，婆婆！"

润之郑重其事地说："现在很忙，我赶过来是想告诉你，事情的进展会很麻烦；不过，经过曲折、迂回，最终还是要前进的。你多听、多想、多看，不要多说喔。路，还很长，二百年，三千里，已经不是湘水了……"说到此处，不禁有些哽咽。

仲叔思忖，看来，润之遇到的困难和麻烦，非同一般。他匆匆过来，主要是嘱咐自己不要莽撞，是出于关怀和爱护。看到润之如此消瘦，他心中很痛。

润之又嘱咐道："就要建国了，中央调你回来，参加建国的重任。我建议你做工农检察委员的工作，他们同意了。你只管做好工作就可以了……"说罢，把杯子里的水一饮而尽，起身欲走："抽时间可以到叶坪来，我们长谈……"

仲叔送出门，鸟儿已经在叫，引起了润之的注意，侧身对仲叔说："你看，它比我还急。"

两个带枪的战士，牵着马走到润之面前。

润之正色道："哪有在这里上马的道理？"接过缰绳，牵着马儿走出了大院。

仲叔回到屋里，捻灭了宝贵的油灯，和衣躺下，心想：润之的不顺，是在党内，是在"婆婆"，他可以打败中国最难对付的蒋介石，却对付不了"婆婆"……他辗转反侧，明白了"婆婆"们不认可毛润之，不懂得润之的价值。毛润之要击败蒋介石，还要说服"婆婆"。他是神州大地上女娲式的媳妇，本应放开手脚，让女神炼石补天，再造中华。这个想法，让仲叔一通百通，再也没能睡着。炼石补天，我可以当一块劈柴，正像《国际歌》唱的那样，"快把那炉火烧得通红，趁热打铁才能成功。这是最后的斗争……"他一跃而起，忘记了自己已经是五十多岁的老人，推门出院，晨曦在望，东方已是鱼肚白，他决定，早饭后就去叶坪。

## 二十一

在叶坪，仲叔看到了一棵奇树，不，是一株怪异的巨树，主干粗壮宏伟，看上去要有十余人合抱才能围住。怪就怪在主干并非圆形，四周生出大大小小虬龙般的筋骨，直插沃土。更怪的是树干长到两米左右，除去中间一枝向上，其余都向四面八方平行延伸。这些横杈在离地三尺高处，又长出枝蔓，最终，在广场上形成覆盖大地的奇异景象，孩子们穿行其间，东躲西藏，游戏忘情。仲叔感慨，这株巨树长在了独特的地方，上接天庭，享受阳光雨露；下得地利，自由生长，天地灵气充溢其中！他徜徉其间，独享林间清新的空气……

突然，有人呼叫："仲叔同志，是你吗？"

是一个陌生的声音。仲叔赶快穿过低矮的树丛走了出来。只见那人也穿着红军服，高高的个子，向他微笑着。哦，原来是他，在莫斯科留学跟博古在一起的时同志，虽然不太熟悉，总还是在莫斯科见过的。

时同志高兴地报出自己的名字。

仲叔连连点头："对对对，是和博古同志在一起的，教我们唱'我们祖国多么辽阔广大'……"

时同志高兴地笑了，指着巨树说："这棵树怪里怪气，七枝八杈，自由散漫，可能当时没有人修剪，长成这个样子！"

仲叔不由赞叹道："地力好啊，你看它的根，足有七八十米，紧紧地抓住地面，钻入地下，才会有这样的力量！"

时同志的目光转向树根处："那倒是，当时没人管一管，让它任意放纵，才有今天……"

"顺其自然，天人合一，有了这样的结果。"仲叔回应道。

时同志发问："老仲，你住在哪里呀？"

"住在城里接待处。"

时同志问："是第一次到这里吗？"

"是的，我想看看润之。"

时同志热情地说："我带你去。"

离毛润之住地还有八丈远，时同志就喊着："喂，老毛，你看谁来啦？"

毛润之披头散发地在门外站着，见仲叔跟着时同志走过来，高兴地用手理了理头发："仲叔，你来啦？"

"是啊，我想看看你，有时间吗？"

"有有有，"润之诙谐地说，"有朋自远方来，不亦乐乎！老时，你也一起来了呀？"

时同志哈哈大笑："我的任务完成了，你们叙旧吧。"欲转身离去。

润之礼貌地与老时招手，表示感谢。

"你们认识？"润之问仲叔。

"唔，他和博古在一起，是同学。"

"噢，"润之点头，对仲叔说，"老时是中央'代表团'里面的。"转过身来说："仲叔，屋里坐。"拉着仲叔的手，一改昨日的忧郁，显得喜气洋洋。

这是一间比较大的居室，既住人，又是办公之处，摆设比较凌乱，书报、衣服、鞋袜、茶杯、用具，放得很随意。

一位年轻的女红军站起身来。

润之介绍:"仲叔,她叫贺——子珍。"把姓和名顿开了说。

仲叔似乎明白了,连连点头。脑子里闪电般地想到:杨开慧。他紧紧地抵住嘴唇,为自己解压。

"子珍啊,这是我常提起的那位仲叔,亦师、亦友!"

贺子珍突然笑了。

仲叔初见这位女红军,英姿飒爽;如此一笑,又显出豪气的性格。

润之心里也想到了开慧,在老友面前,有些局促不安。

仲叔明白,二人都会想起杨开慧,心中五味杂陈,难以释怀。

屋里的空气有些不畅。

"我虽年长,幸遇润之,从学游泳,到学思想、学马列,走上了一条正路。润之才是吾师啊!"

提起学游泳,润之找到了话题,对贺子珍说:"当年,我们这批年轻人,恨清政府在帝国主义面前输掉了那么多江山国土,把中华民族的裤子都输光了。我们到湘江风浪中搏击。仲叔想学我们,跳入了湘江。"

空气转换,三人哈哈大笑。

"我给你们弄茶去。"子珍走出门去。

挚友重逢，已是另一番天地。昏晓割，难推却钩沉旧梦、胸中波涛。有道是，浪里白条，哪堪顾盼回首，恨吞江河，直取彼岸，待长虹卧波时，鱼龙变，天光雷鸣，豪雨滂沱，泪海驾舟还。

子珍端茶到，催促道："要你去开会。"

润之郑重地说："替我请假，今天有重要的事情。"

贺子珍无奈地说："你们坐。"走了出去。

三四年前那个夜晚，匆匆一别。一个脱去了长衫，上了井冈山，决心以自己的头颅，换取神州重获自由，险矣哉；一个穿起了西装，前往圣地莫斯科，既是避险，又是取经。

在新天地里，今天是难得的谈话机会。仲叔想告诉润之，天桃伢仔述说红军一、二、三次反"围剿"的胜利，让他感到通天式的兴奋。"润之啊，"他激情澎湃地说，"你的智慧，你的韬略，你的思维，你的哲学，可以通天啦！"

润之略显惊奇："仲叔，冒了，冒了！"

"没有啊，你听我说，在新民学会，在俄罗斯研究会，在驱张之战中，这些就显露出来了。"

润之摆手。

仲叔接着说："我们湘人，宋明以来，承继了厚重的儒道传统，在洞庭湖，在鄱阳湖，在长江下游，孕育出求新、求变、再造中华文明的冲动和势头。曾国藩用中国文化，替腐败祸国的清家，打败了从外边引进的太平天国，但是，曾、左、李这帮汉人的精英，仍然深埋在旧道德、旧文化的灰尘里，无法自拔，只能喊出'三千年未有之大变局'，难以向国人交代。三百年来清家留下的奴才文化内核，就是独裁、专制的封建文化。还有一个，就是近百年来的买办文化，在洋人面前直不起腰，无穷尽地割地赔款，甘当洋奴。两种文化混杂起来，就是蒋介石的哲学。

"润之，中国文化、中国智慧、中国哲学、中国式的思维，从来都是开放的，从来都会吸收外来智慧、外来哲学，让自己丰富起来，变得更高、更强、更文明、更友善。地球西边，新风劲吹，而你选择了新风中的新风——马克思主义，选择了《共产党宣言》，此风与中国文明契合啊！果然，你一出道，就在地球的东边，用真正的新文化、新道德，旗开得胜。张载、阳明、船山、李贽都会叫好。你站在了昆仑的最高端，领风气之先！"

"仲叔啊，难得你如此推崇。我没有那么高、那么强，只是用我的眼睛，看中国的现实；用自己的审美，辨别世界的春夏秋冬。中国的气象学，很早就定准了二十四节气，任凭风云千变万化，二十四节气从未改变，就像春夏秋冬四季不会翻转……我很孤独，需要仲叔的理解，甚至夸赞，心里会好一些。唉，吾亦人也……"说到激情处，润之落泪了。

二人几乎同时说:"子曰,天将降大任于是人也……"

润之把心里的愁闷和所处的环境,向他崇敬的老友仲叔敞开心怀。

仲叔这才明白,润之所说的"婆婆"——党内的高层,有着严重分歧。润之头上不仅有蒋介石的强大压力,在党内也存在着高压,让他腹背受压,双重压力形成了润之身边的旋涡。

润之对仲叔述说,蒋介石的第四次"围剿"已经开始,上海来的"代表团"极力排斥他对红军的领导。革命处在这个关头,他怎么能不忧心、不痛苦、不熬煎呢?

"我的天啊……"仲叔不禁叹息。

润之见仲叔如此忧虑,安慰道:"仲叔不必担忧,我讲的情况有点极而言之的意思,其实,再大的困难,我们也能克服。马上就要成立中华苏维埃共和国,让我当主席,不管军事了,还要做政府工作,你是入阁的成员,将来可以发挥特长。不过,这里生活条件很差,你要小心爱护自己。"

仲叔感慨地点头,为了让润之放心,大声说:"我听进去了!"这是他进入苏区以后和润之难得的一次长谈。但是,他没有想到,这竟是他和润之最后一次畅谈。

## 二十二

仲叔桌上摆放着从润之那里拿回来的两篇文章:《星星之火,可以燎原》《调查工作》。

他如获至宝,不舍昼夜地反复阅读,从而更加理解了他和润之长谈中得到的启发。

其实,他胸中早就装着润之此前的两篇文章:《中国社会各阶级的分析》《湖南农民运动考察报告》。

再读新篇,深感和前两篇一脉相承、一气贯通,是姊妹篇啊!还有润之带着大家学习和森从巴黎寄回来的、由他翻译的《共产党宣言》的开头语:"一个幽灵,共产主义的幽灵,在欧洲游荡。"唤起了当时急于寻找救国真理的湖湘青年的激情。更远的,还有润之二十四岁时写的《心之力》。

真是心有灵犀一点通!

仲叔记得,《心之力》中,就有"星星之火,可以燎原"的说法。上了井冈山,润之身边只有区区几支枪、几个人,进行了武装斗争。这是因为神州大地上,存在大大小小的军阀割据,他们为私利驱使,为抢夺王权,征战不休,这就为红军的生长提供了空间。为人民利益而战的红军之火,随着人民的觉醒,渐渐燎原,井冈山的红旗不倒,是合乎历史规律的，这是红军可以长期存在的历史背景。润之远见卓识，无人匹敌。

什么是领导？穿透现实的迷雾，破解历史的尘埃，拨云见日，推陈出新，此何等气势？！

反对本本主义，正是毛泽东的性格。着重实践，脚踏实地，深得王阳明"致良知"的精髓，"知是行之始，行是知之成"，理论和实践的辩证结合，使他的智慧，像河水般长流不断，保持新鲜，层出不穷……

读润之两篇新的文稿，仲叔更加明白了，如今的润之，外表虽然穿着破烂，内核却金刚灵秀、锋利无比，这既是中国的，又是国际的智慧结晶，足以对付种种强势之"围剿"。

仲叔无限感慨，润之身处两个旋涡中间：蒋介石制造的旋涡和党内制造的旋涡。两个旋涡，两种风波，性质不同，往往又叠加在一起，向他袭来。润之出没风波中，以极弱之躯，战极强之敌，如果躲不开，绕不过，硬碰硬，必然是以卵击石，吃大亏。润之的高明，在于扑朔迷离之中，觅得可用之机，出手一击，收到以弱胜强、以少胜多、事半功倍的效果。奇才出众，真乃中国之幸、革命之幸、共产党之幸。然而，此幸与不幸，在他身边又是一个旋涡，使得风波不断，且大有愈演愈烈之势。

不认识、误解、迷雾缭绕，何时、何地、何人，才能破解之？

这不是润之个人的事，是关乎全局、关乎革命成败、关乎共产党、关乎朱毛红军，以及中华苏维埃生死存亡之大事。

仲叔失眠了。他在想，如何破解，如何使大家认识毛润之，让润之的智慧、胆略、哲学得以发挥，得以通行。润之应当成为党的财富……

一九三一年十一月七日至二十日，借着苏联建国十四周年的纪念日，中华苏维埃第一次全国代表大会在江西瑞金叶坪隆重举行。大会宣布成立中华苏维埃共和国临时中央政府。

随后，成立了中央革命军事委员会，由朱德任主席，王稼祥、彭德怀为副主席，取消红一方面军的总司令、总政委。在第一届中央执行委员会上，选举毛泽东为主席，项英、张国焘为副主席，并任命了各部人民委员会。

仲叔被任命为工农检察人民委员。

毛泽东在委员会会议上登台讲话。

在仲叔眼里，润之仍然是一副披头散发的样子，却知道他内心必定波涛汹涌。

"同志们！"毛泽东目光炯炯，透露出极其复杂的感情。

"同志们：我们这个中华苏维埃共和国中央政府，比起袁世凯的北京政府、蒋介石的南京政府，借用民间一句俗话,我们是在螺蛳壳里做道场。各位人民委员,你们就坐在这个小小的谢家祠堂里,做一个工农兵的微乎其微的小官,小得可笑。

"可是,我们都是从小孩子长大的,小时候,都玩过'过家家'的游戏。今天,我们在螺蛳壳里'做游戏'、当人民委员,中国有五千年历史,三皇五帝到如今,我们是中国人第一次演习给工农兵当委员,是人民的委员。

"这个小小的螺蛳壳里的人民政府,是世界上有了马克思主义,有了《共产党宣言》以后,才出现的新政府。这个政府一定会在螺蛳壳里长大,长成伟大的人民政府。"

说到这里,毛泽东停顿了一下,又接着说下去:

"枪杆子里面出政权,古已有之。不过,那是有产者的政权。在中国历史上,第一个人民政权、工农兵政权,破天荒地在江西瑞金——叶坪——谢家祠堂里诞生了。这个小小的人民政权,属于无产阶级,属于人民。这是一件顶天立地的大事!人民,一旦有了自己的枪杆子,有了自己的政权,劳动成果就归于人民,科学、文化、教育,都掌控在人民自己手里,人民就会成为天下的主人,就可以彻底摆脱贫穷、愚昧,成为有文化的、会创造的、勇敢的地球公民。我们看够了眼前这个封建的、资本帝国主义的独裁、掠夺、屠杀的旧世界,我们要建立一个文明的、科学的、共生共享的、天人合一的新世界。同志们,不要小看这个螺蛳壳里的人民道场，这个道场一定会走向全中国、走向未来现代化的新世界。为了这个小小的道场，我们牺牲了太多优秀的、卓越的、中华文明孕育出来的精英。他们是卢德铭、伍中豪、王尔琢，还有蔡和森、张太雷、夏明翰、黄公略……无名者更是数不胜数。"

毛泽东哽咽了。"短短的几个月、几年，我们牺牲了这么多烈士，用枪杆子打出了小小的人民政权。活着的我们，不可以畏葸不前，不可以停留，不可以放松。同志们，人民一旦有了自己的政权，手里有了保卫自己利益的枪杆子，炉火就会烧得通红，趁热打铁，就可以成功！"

讲话获得了热烈掌声。

"同志们，在座的是我们这个小小的人民政权的执政者。人民委员同志们手中的权力，是人民授予的，我们通过的宪法、各项法律，都要代表人民的利益，来自人民，又要服务于人民，按照人民的要求，不断改进、完善，做到尽善尽美。这是我们政权的本质决定的。由此，决定了我们的工作方法，是深入群众、实际调查，不了解群众的实际需要，就会脱离群众，得不到群众的拥护。所以说，没有调查就没有发言权。我们制定的方针、政策，要到群众中去检验，不断改进，才能立于不败之地。……"

主持会议的副主席，走到毛泽东身边，悄声说："可以啦，可以啦，'代表团'还要讲话呢。"

毛泽东苦笑着说："就此打住吧。"

人民委员席上，一阵笑声。

"代表团"首席站起身，伸开两臂安抚大家："中华苏维埃共和国主席毛泽东同志的讲话，是长了一些。我们何以在今天举行这样的典礼？是因为，这是列宁、斯大林同志缔造的俄罗斯苏维埃社会主义联邦共和国成立十四周年的纪念日。泽东同志把这个神圣的苏维埃政权，比喻为'螺蛳壳里做道场'，不严肃、不正确，听起来不舒服，特别是在这个十月革命成功的日子，我们是全新的呀！什么螺蛳壳？什么做道场？我希望泽东同志多一点弃旧推新的说法……"

仲叔哂笑，心里想："这是鸡蛋里挑骨头，真是怪事。"

前排人民委员席上，交头接耳、喜忧参半。

仲叔忧思之间想到橘子洲头、湘江裸泳的种种经历，润之奇特的头脑、通天的思维、魁梧的体格，湖湘子弟特有的韧劲，足以刺破青天锷未残！

此刻，仲叔突然一通百通、坦然坐稳。

## 二十三

仲叔就任中央政府工农检察人民委员，这是一个极其重要的职务。他的助手张牧，是新民学会会员，由仲叔介绍入党，曾任农民运动讲习所教员；被反动派逮捕入狱，受尽酷刑，从未暴露党的机密，营救出狱后，上了井冈山，当过红四军政治部副主任，如今，成为仲叔的副手。

仲叔想搬出接待处，便于接近群众，了解实际。

张牧熟悉当地情况，提出到唢呐王家里住。

"你说的唢呐王，是不是伍中元老人？"仲叔问。

"是，老人家几代人都生活在底层。"

仲叔、张牧的当下紧急任务是：按照"临时宪法"起草工农检察法、工农检察系统的组织法。

仲叔和张牧来到老人家，老人吹起了《将军令》表示欢迎，主动让出了正房。

二人坚持住厢房，几番争执，老人只好让步了。

仲叔、张牧顾不上与中元老人攀谈，即刻开工，研墨弄笔，起草共和国工农检察委员会组织法、检察法。

中元老人知道，共和国制定了宪法。他能够从城外低洼的茅草屋，搬入靖卫团总的豪宅，就是宪法、土地法里认定的规矩。两位老红军，现在要制定工农检察法，就是为了对共和国官员是否忠实执行法律进行监督。工农兵有了监督权，他心里高兴得开了花，恨不得拿起唢呐吹一首《欢乐曲》，可是不行呀，会影响他们的工作，只能把乐曲哼在心里。

老人本是唢呐世家，对于谢家祠堂太熟悉了，他曾经多少次在那里吹吹打打。中元天生一副好体魄，肺活量出奇大，嘴里同时容得下三只唢呐，奏出不同的音调，深受百姓喜爱。但是，旧社会吹鼓手地位低下，属于下九流。他视唢呐为生命，替人们表达喜怒哀乐，用正直、善良的心胸，传递人间冷暖、忧思，丝丝入扣，慰藉人心。一把唢呐，让他高高地升到了人间艺术的妙境。

两位人民委员，在东厢房赶工，不舍昼夜。

午夜，油尽灯灭。

老人端着一盏小油灯走到院中，微弱的火苗，在老人手中闪烁。

仲叔接过小油灯，把灯芯拧灭，对张牧说："月光不错，咱们就在院子里的石桌上写吧。"

张牧立即响应："行，行，行……"回到屋里，端出纸墨笔砚，放在石桌上。

二人马上开始工作。

真可谓，一支天灯秋月白！

中元老人看在眼里，记在心上。如此为民操劳，自己却连油灯都提供不了，心里很惭愧。唉，这是真正的好人、好队伍、好官长……他隔着窗棂，看着两位"尊神"，随手从衣袋里摸出一枚"幂幂"，含在嘴里，轻轻地哼鸣着。

月光下，石桌旁，两位人民委员在赶工，不时悄声议论：

"法条要精准，需要字斟句酌！"

"以事实为依据，求真求实，要经得起考验……"

庭院深深，万籁俱寂，赣南虽然不入冬，但夜间清风徐来，送来三分爽气。

仲叔、张牧在为新生的共和国推动起草反贪法令。他们的心里装着共和国主席毛泽东的嘱托，装着他们经历的沧桑巨变，烈士们血沃中华，惊天动地，张牧身上被敌人烙下的火印，在凉风吹袭下，隐隐作痛……

正房里的老人触景生情，引发心中奔腾的江河，如果拿起唢呐吹奏，可以把夜间的宁静，吹出暴风骤雨、悲戚蒸腾；然而，老人以艺术的品格掌握节奏，把心中的江河，限制在胸膛之内……

月光如水，清凉宜人，两位人民委员，在这里起草了工农兵对新政权的监督法。

## 二十四

农民运动，烈火熊熊燃烧，道出了历史必然走向。而推动走向的巨手，与其说是中国共产党，莫如说是党的忠诚战士——毛泽东。所以，共和国首任主席，党中央决定由毛泽东出任。

历史这条河，流动起来不容易，特别是在起始阶段。在乱流中，毛泽东的河流，在赣南、闽西清澈地流淌，却被一阵乱流推向了边缘。一时间，遭人非议："山沟里出来的土包子""占山为王的绿林好汉""是农民造反，不是无产阶级革命性质"……必须加以改造，由此需要不断往这支队伍里"掺沙子"。于是，派出中国少得可怜的无产阶级分子进入其中。

第一个派到苏区的无产阶级代表人物，是项英同志。他是武汉纺织厂的工人、在"二七大罢工"中涌现出来的英勇战士，成为工人运动的领袖。来到苏区之前，已经是党中央军委副主席。现在，中央派他过来，是为了增强工农红军的无产阶级性质，贯彻布尔什维克精神。项英同志是工人出身，比较实事求是，与朱毛合作得不错。

在上海的党中央感到泥牛入海，杳无音信，只得再派"代表团"到苏区。这些人个个都是深谙布尔什维克原理的精英人士，让他们实施指导，务必拨正船头。

这个举措，表明了党中央既肯定朱毛红军"枪杆子打出来"的新天地，要在瑞金建立无产阶级政权；又担心政权方向走偏，脱离了苏维埃革命的轨道。

"代表团"是带着"尚方宝剑"来的，不只是监军，还有超越监军的权力。

此时的毛泽东，作为共和国主席，在一次党政军主要干部会上作报告，对大家说："红军，不只是打仗，还要深入群众，帮助工农建政。基层政权巩固了，才能夯实共和国的基础；红军在建政中，才能筹得战争的经费、粮秣。我们这支军队，要靠自己筹款，才有饭吃、有衣穿。天天饿肚子，没有人能够打仗的！"

与会的"代表团"，彼此交换眼色，似乎听出了一些门道，触及了他们的敏感神经。

毛泽东又接着说："有人问我，去年秋天，九一八事变，日本人不费吹灰之力，占领了我国东三省；今年年初，又在上海，制造一·二八事变，向十九路军发动疯狂进攻。中国军队奋起反击，蒋介石釜底抽薪，致使该军折戟沉沙！"

"蒋介石千方百计不停顿地'剿共'，助长了日寇的野心。由此，不难看出，日本帝国主义灭亡中国的行动，会促使国内的阶级矛盾，被民族矛盾所代替。""错、错、错！""代表团"齐声高吼，搅乱了会场。

"错在哪里？"毛泽东面对会场里的骚动，平静而严肃地质问。

"你对形势的判断，是错误的！""代表团"首席老时回应道。

"何以见得？"毛泽东再问。

"日寇占领东北，是为了进攻苏联。"

毛泽东不禁哂笑："你只知其一，不知其二。"

"什么其一、其二，日本进攻苏联，蓄谋已久。是资本帝国扑灭社会主义苏联的整体计划的一部分……"

"首席"语塞。

毛泽东分析道："日寇蠢蠢欲动的阴谋是指向苏联。于是，先挑软柿子，对准了中国……"

主持者急忙过来解围："好了，好了。毛泽东同志下来吧。"

会场陷入混乱。

毛泽东与"代表团"的对立，表面化了。

中华苏维埃共和国的主席、红一方面军的总政委，竟然被"代表团"轰下台。

"怎么可以这样？！"仲叔拍案而起。

洞庭人的一声吼，把"代表团"震得目瞪口呆，一时不知如何应对。

噢，此老是出席过嘉兴会议的代表人物，火气如此之大，怎么收场哦？

还是认识仲叔的老时，笑着走过来，喊了一声"仲叔……"，却被噎了回去。

"毛泽东是共和国主席,你们如此粗暴,轰他下台,让他以后如何工作?他是苏维埃大会认可的,是秋收起义打出来的。你们这样做,不尊重苏维埃代表大会,不珍惜秋收起义的胜利,不敬畏朱毛红军三次反'围剿'胜利的英雄事迹!谁给了你们这样的权力?"

仲叔连珠炮式的质问,使得"代表团"猝不及防,失语、出汗。

会场上,众人哗然,有赞成者,亦有反对者,多数是观望者。

"代表团"曾经批评早来的项英,执行中央意图不力,而项英有苦难言。他们又几次尝试拨转船头,皆未奏效,故心中底气不足,进退两难。现在看到仲叔此时的架势,似乎在等待他们"出招"。

于是,"代表团"互相示意,起身离去。

仲叔不肯罢休,追了过去。

"代表团"中的老时停步,和气地问:"仲叔同志,还有话……没说完?"

"对!"仲叔坦然地点头。

老时恳切地说:"跟我说,可以吗?"

"我想对你们代表团说。"仲叔回答道。

"那,还需要另找时间。"

仲叔说:"我很急,用不了多少时间。"

"噢,"老时觉得实在拗不过去,只好说,"您等等,我和他们商量一下。"说罢向前方追去。

仲叔不等,跟随在后。

"代表团"无奈,只好停下来。

首席说:"时间不多,第四次反'围剿'很快要开始了,有什么话抓紧说吧。"

"你们要了解毛泽东。"仲叔郑重其事地说。

首席不解地说:"我们?我们代表党中央……"

"党中央,更需要了解毛泽东。"仲叔不客气地说。

"咂!""代表团"中的老顾惊讶地说。

仲叔放大了声音:"你不要'咂',毛泽东是正确的!"

"代表团"震惊地站住。进入苏区以来,还没听到过这样明目张胆、直接对抗的话语。

首席有些按捺不住,想要发作,被老王拉住了。

仲叔走到他们身边,严肃地说:"我叫仲叔,对今天说的话负责任。我是毛泽东、蔡和森组建的新民学会会员,一直到现在都和毛泽东在一起,我了解他。与其说,毛泽东是中国文化的继承者;莫如说,他是多灾多难、濒临绝境的祖国孕育出来的先进变革者。休怪我坦诚相告,他的思维、思想、胆略,实乃旷世奇才。你们要去认识他。他组建了新民学会,就立志要改造中国和世界。十月革命的炮声传到中国以后,他立即组建了俄罗斯研究会;当他拿到第一次进入中国的《共产党宣言》，如获至宝，心悦诚服地接受了马克思主义世界观、价值观、方法论，领导会员们反复研读，并郑重宣布：新民学会终于找到了可以信赖的真理，走十月革命的道路。此后，学会会员有三十八人参加了中国共产党。毛泽东结合中国实际，写了《中国社会各阶级的分析》《湖南农民运动考察报告》，领导秋收起义，取得了胜利。我认为，这些文章、理论、实践，证明了他是中国的马克思主义者。"

"过了，过了！""代表团"忍不住，拍拍屁股走了。

仲叔看着他们远去的背影："悲哀！润之有这样的同伴，真难啊！"

## 二十五

正当蒋介石发动对中央苏区"围剿"之时，"代表团"对毛泽东的无端指责，引起了强烈的震动。

"代表团"向上海党中央报告，得到的回答是：即派周恩来前去苏区，贯彻中央布尔什维克路线云云。

周恩来在党内的名声如雷贯耳，中央派他到苏区，是一张最大的王牌。

周恩来顺利抵达中央苏区，就任中央局书记，苏区的党、政、军同属中央局领导。

此时，仲叔和张牧正在基层做调查。

在欢迎大会上，周恩来对苏区历史上曾经发生过的"肃清AB团"做了结论，指出：这一斗争是必要的；然而，斗争很复杂，要实事求是，做到准确无误，扩大化的教训是深刻的，应当认真汲取。

对"代表团"指责毛泽东，周恩来没有表态。

在随后召开的主要干部会上，周恩来亮出了党中央的底牌：红军应当首先争取一省或数省的胜利，或者说夺取几个中心城市，如南昌、长沙、武汉，走列宁、斯大林、布尔什维克取得十月革命胜利的道路。

好啊！与会者群情激动，这是一条布尔什维克的道路。我们干过的南昌起义、攻占长沙、粉碎敌人三次"围剿"，红军今非昔比，党中央决策鼓舞人心！

欢呼声不绝于耳。

会上的毛泽东摇头。

谁不愿意快点胜利啊？谁不愿意向先进的布尔什维克学习呀？

在一片欢呼声中，周恩来把注意力转向毛泽东、朱德、彭德怀、林彪、项英、"代表团"……这些关键人物，非常谦诚地说："润之同志……"

话未说完，毛泽东站起来说："一九三〇年，我们从井冈山下来，摆脱了屡战屡败的被动局面，打出了新天地。也曾经想过首先争取江西省的胜利，但是，看来不行。我们有过南昌起义，有过攻占长沙的胜利，却守不住。因为，敌人太强，红军太弱，不到决战时刻。夺取中心城市或争取一省、数省的胜利，这样的时刻还很远，还不到时候。"

"哄……"的一声。

毛泽东对兴奋的会场，泼了一盆冷水。

"听到了吧？""代表团"首席站起来，向周恩来提醒。

项英接话："周恩来同志传达的是党中央的决定，是布尔什维克的路线，是共产国际的精神。我们这里很闭塞，很难听到中央的声音，应当维护中央决议，这还用讨论吗？"

周恩来不断打量与会的关键人物：朱德，是他介绍入党的，现在沉默不语。对于党中央的决定，润之提出了异议，这是他了不起的地方，可是，大局需要维护。彭德怀异常激动，跃跃欲试，在想什么呢……

"代表团"首席，对于周恩来观察、容忍的作风有些着急，立即表态："争取一省、数省首先取得胜利，是党中央的决策，是共产国际的指示，不是用来讨论的，而是如何执行的问题！"

面对这个难题，周恩来微微一笑："好啊，我们来协商一下，从哪里开始呢？"

周恩来的反问，把熟悉路线斗争的激进者难住了，一省数省，哪些中心城市可以开始？

朱德正襟危坐，一副悉听高见的长者风范。彭德怀坐得不踏实，欲言又止。在他身边的政委，是他的入党介绍人，碰一碰他的大腿，示意不要轻易表态。可是他上井冈山较晚，对朱、毛还不够熟悉，而又求战心切，有些按捺不住。

谭震林带着三分情绪，放了一炮："说吧，一省数省，说起来容易，哪有那么便宜的事！"

坐在外围的林彪，低声地说："一省数省……"

周恩来点名："林彪同志，大声说。"

"我没说。"林彪回应。

周恩来明白了，军事干部里面，只有彭德怀……他是打过长沙的。

"代表团"首席对周恩来笑了笑，意思是：执行中央路线，必须反对右倾主义，反对山头主义，反对"枪杆子里面出政权"的农民意识和占山为王的旧式农民造反。

周恩来心中明白，首席是在将他的军，而自己的使命也是执行上海中央赋予的任务。然而，周恩来与中央领导、与首席不同的地方，在于他的经历。他留过日，留过德，留过法。领导过上海工人起义，领导过南昌起义，都以失败告终。"八七"会议之后，各地同志发动了农民运动，一时间烽火连天，其中，秋收起义、井冈山斗争最为成功。在这两个斗争中，毛泽东是中流砥柱。更何况，当年从井冈山下来，红四军内部曾经发生分歧，罢黜了毛，夺取了他的权力，致使红四军差点溃散。那时，自己和立三代表中央纠正了这次偏差，重新请回了毛泽东，召开了"古田会议"，红四军重新壮大，才有今天的胜利局面。留苏派说毛是农民出身、乡巴佬，然而，"五四"以后毛创办了《湘江评论》，发文犀利，获得胡适之的好评。"八七"会议，毛提出"枪杆子里面出政权"，得到瞿秋白的赞赏。毛虽然没有出国留洋，但其见解不逊于从国外回来的同志，毛泽东的实践和理论，走在了全党的前面，需要认识，需要研究，需要慎重对待，简单化、情绪化、生硬对待都是不负责任的。可是，自己又必须执行中央的路线，这确实是摆在面前的一道难解之题。

想到这些，周恩来看看手表，对大家说："时间不早了，休会吧，明天再接着谈。"

## 二十六

听说周恩来到了瑞金，仲叔和张牧决定暂停调研，赶回住地，听取中央精神。

对于周恩来，仲叔早闻其名，和森从巴黎归来，曾说起周君，用了八个字："江浙才俊，儒者风度"，山高水长，印象深刻。只因中国"舞台"阔大，未能谋面。当前，他急于知道恩来对润之的看法。所谓中央精神，早在"代表团"的表述里知道了，而恩来此次到苏区，不知润之命运如何。他需要表明自己的态度。

风尘仆仆回到瑞金，仲叔赶往周恩来办公处求见。

恩来闻报，放下手头工作，立即出来。

归来的仲叔，头戴斗笠，脚穿草鞋，手里拿着一块变黄的布巾，花白的头发，未修理的胡须，完全是一位乡间的农民。

恩来以长辈待之，谦和施礼："久闻仲叔大名，早想见您。"

仲叔回答："我也是啊，您现在有时间吗？"

"仲叔先休息一下。我来安排……就在我住的地方休息，开完会后，我来找您，很想听听您的高见。"

"我在这里等候，方便吗？"

"方便的。您可以好好休息一下。"

在革命处于激进的年代，像周恩来如此谦恭、情真意切地对待一位长者，还是相当少见的。仲叔内心的纠结消融了一半，古国文明的君子之风，在周恩来身上如此和谐、暖心。

恩来出去，安排为仲叔打水洗漱、泡茶解渴，之后，还送来晚餐……

仲叔吃饱、喝足后，在恩来床上休息，不意，竟然进入了梦乡。

周恩来归来时，已是午夜一点。

仲叔一再道歉。

恩来高兴地说："仲叔好好休息、解解乏，才好畅谈啊，我当洗耳恭听。"

仲叔坦率地说："我想谈谈润之。"

"我正想知道润之更多的情况。"恩来重新泡茶，放在桌上，拿出笔记本，听取仲叔说润之。

仲叔有些不忍："啊呀，您已经忙了一天，该休息了！"

恩来诚恳地说："了解润之，十分重要。我年轻，急于知道润之来龙去脉，请不厌其详。"

仲叔从挎包里小心地掏出十几年前手抄的《心之力》，

双手捧起递到周恩来手里。

"这是润之当年上中学时的一篇作文，杨昌济先生给打了105分，成为同学们传抄的佳作。我手抄了一份保存至今。"

周恩来慎重地展开，惊奇地发现：蝇头小楷，工工整整，如此用心，不由轻轻地叫好。

"杨昌济先生门下，润之、润寰两位得意门生，他曾经说：'救国必在二子。'润寰师兄已经牺牲……"仲叔哽咽。

周恩来眼圈湿润，他和润寰在巴黎组建了中共旅欧支部，之后，润寰却惨死于蒋介石的屠刀下。

提到和森，仲叔、恩来一下子亲近了许多，二人强忍悲伤，开怀畅谈。

仲叔道："当年'独立寒秋，湘江北去，橘子洲头'的那位湖湘青年，当他寻找到马克思主义真理，便以湖湘特有的韧性，推行主义、实践真理。几年下来，证明了他是一个忠诚的共产主义战士。借用辛弃疾的话，'年少万兜鍪，坐断东南战未休，天下英雄谁敌手？'蒋介石已经三败，如此这般斗下去，必然落一个灰头土脸的下场。"

恩来听得仔细，略微有些吃惊。

仲叔觉察了，加重道："蒋介石比不得曹刘，仲谋也比不得毛润之！当今中国，蒋介石是枭雄中最大、最毒、最恶的混世魔王，秉承腐败的封建文化之变种——奴才文化，资本主义文化之变种——买办文化于一身，祸国殃民，阻挠中国进步。而独立寒秋的毛泽东，却是苦难中国湖湘大地孕育出来的新一代才俊。领略时代风云，捕获春秋正气，寻求中华民族重新崛起之先机，睥睨清政府三百年统治留下来的污泥浊水，必须另起炉灶，方能让中国重回世界民族之林。为此，这批才俊，敢于以自己的头颅，撞击旧世界的高墙厚壁，杀出一条血路，缔造新的文明！"

周恩来不禁点头："同感，同感啊！"

仲叔继续说："看这篇《心之力》，就可以发现，润之思维的奇特之处，在烟海之中，他能够去粗取精、去伪存真、撷取精华、把握要领，在迷离绝境，润之可以先鞭一招，把死棋走活。这全在于他的心地宽阔，上接天，下接地，见多识广，超越局限，独辟蹊径，闯出一条新路。"

恩来微笑。

仲叔明白，周恩来是江南才俊，见识不在润之之下，可谓旗鼓相当。不过，机会难得，今天，为了润之要多说几句："恩来同志，我和润之算得上是同乡，同为农家子弟，又是同班同学。他喊我师兄，因为我长他十七岁，已经是胡子拉碴的中年人；我亦称他师兄，因为在班上，他确是满腹经纶、出类拔萃之人。"

周恩来对此颇感兴趣，频频点头，一副愿听其详的表情。

"润之聪颖过人，记忆力极强，爱读、爱思、爱问，求知若渴。他曾在三个地方读过私塾。塾师屋里有一幅字，是北宋大儒张载的'横渠四句'。不知道为什么，小小学童竟然对此十分着迷，隔三差五，总向先生求教。先生惊异，凭着自己对横渠先生的崇拜，给润之解答。而润之问题层出不穷。于是，先生拿出自己的藏书给他读，从中解题。《九歌》《离骚》《唐诗三百首》《全宋词》，问题越读越多。最后，先生推荐他到东山上小学。

"这是个新学堂，毛泽东最感兴趣的是它的图书馆、阅览室，可以借阅《三国演义》《水浒传》《西游记》《红楼梦》，还有新版译著中的拿破仑、彼得大帝、华盛顿、卢梭、孟德斯鸠……使欧风美雨浸润心田。

"书越读越多，而'横渠四句'这个总题目，一直横亘在他的心底，成为他心里一个未解之谜。他读过《道德经》《史记》《汉书》；读过王守仁'致良知''知行合一'；读过黄宗羲、王船山、顾炎武，等等。湘人曾以曾国藩为荣，为此，润之认真、细品曾氏文稿，汲取其传统文化之长，以至于'润之'二字都与曾氏有关。然而，曾国藩与王阳明都借传统文化之剑，去剿灭农民起义。他从中总结出近现代的农民起义，缺少新思想、新道德、新文化，只能走失败、被凌迟之路。中国历史上农民起义很多，成功后当皇帝的是少数，多数都失败了。直到太平天国，受西方影响，弄了个半土半洋，被曾国藩挥刀腰斩于南京城下。而曾国藩的文化也脱不掉清家王朝的奴才枷锁。

"曾国藩、李鸿章、左宗棠，再加上谭嗣同六君子的变革理想，只能以失败告终。

"毛润之总能在祖国万千文化的园囿中，摘取精华，脱颖而出。面对滚滚湘江水，他发誓：'自信人生二百年，会当水击三千里。'他有推波助澜之智、翻江倒海之力！中学毕业后，他在长沙与蔡和森建立新民学会，寻求超越中国历史的新征程，他寻到了《共产党宣言》，一口气读下来，预感到真理的降临，立即抱着书稿回到寝室，三天三夜不露面、不出屋。

"再次到会议室时，润之手捧书稿，对大家说：'此乃马克思、恩格斯绝世美文，是人类进入新世界的宝鉴、纲领。'他带领大家学习，取得共识，认为新民学会找到了求新求变的出路。新民学会这个茧子，被新的生命咬破，飞出一群马克思主义的彩蝶，去织就共产主义大厦。

"这群人，大部分加入了共产党；少数人走学问之路；还有几个想走议会道路，进入仕途。之后，润之对我说，'师兄，六百年前的横渠四句再加一句，满盘皆活'。

"噢，我知道那一句，就是'共产主义'，而'皆活'一时还处在懵懂之中。到二七年，匆匆去莫斯科取经，四年后回来，已有了苏区，有了红军，大变样了，果然，满盘皆活！实乃先贤与后贤，天生的自然结合，新社会的曙光就在前面，令人激动，让人着迷！"

说到这里，瑞金的雄鸡已鸣三遍。

仲叔抱歉地起身："啊呀，我说多了。恩来同志，你今天还有重要会议呢。"

恩来回应说："我早就关注到润之了。仲叔一席话，醍醐灌顶，受益匪浅！坦率地说，我们自己这条路，也是荆棘丛生，并不平坦，砍不得，拔不得，需要化解，需要时间，慢慢会走通的。"他看看手表，"还有一点时间，请仲叔把话说完。"

仲叔兴奋地说："我去看过润之，问他井冈山的经验，他跟我说了三点。"

"好啊，我愿意听。"恩来期待地说。

"润之说：'第一，党中央派我去搞秋收起义，那时，没有经验。我手里有一个师，共三个团。于是，分兵打了三个地方，每个团攻一个县。结果三个县都没有打下来，全盘失败，只好上了井冈山。这是分兵的错误，希望同样的错误，不要第二次再犯。

"'第二，红军打弱不打强，或者先打弱，后打强，不可以先打强。

"'第三，红军是一支新军，是用新思想、新道德武装起来的军队，应当是'为生民立命'的军队，不只会打仗，还能帮助人民，建立自己的政权。这是中国工农红军建设、发展、强大，立于不败之地的根本，不是可有可无的使命。这件事做得好，蒋介石的中央军、杂牌军，再无取胜的道理。"

仲叔说罢，又从挎包里掏出《星星之火，可以燎原》小册子，递给恩来："先前的那篇《心之力》，今天的这篇燎原之作，前后照应。可见毛泽东已经是中国的马克思主义者，绝非旁门左道，请恩来明察！"

周恩来真诚地说："谢谢仲叔，我会好好读的。"

## 二十七

送走仲叔，周恩来拉过堆在桌上的地图，用红笔把江西、福建、赣江流域，从北到南画了一个长方形的框子，心想，朱毛红军用三年左右，在这里打开了一片天地，数一数，也有几十个县了……远比当年南昌之役厉害，难能可贵啊。随即翻开《心之力》……

有人推门而入："恩来，你一夜没睡呀？灯一直亮着。"

恩来收拾了地图，回应刚进来的老时："唔，和仲叔聊天呢。"

"聊天？"老时不解地问。

周恩来没有直接回答，问道："老时，你考虑得怎么样？"

"我看，把多路红军集中起来，拿下南昌的可能性是有的。到那时，党中央可以坐镇南昌，指挥全盘，夺取胜利，也可以报你们那次的一箭之仇！"

"还有别的方案吗？"恩来问。

"有人提出打赣州，有人提出打吉安。"

"那，你的主张是？"

"当然是南昌，一省数省啊！中央预案……"

恩来又问："朱老总什么意见呢？"

"他，只是摇头……恩来，你的意见呢？"老时反问。

"我想，拿下吉安是可能的。"恩来思忖着。

"哎呀！吉安，太小了。'十月革命'是在圣彼得堡呀！"老时不以为然。

"可惜，我们没有阿芙乐尔巡洋舰，打不开冬宫的大门啊！"恩来半开玩笑地说。

老时显然有些不高兴："哼，开什么玩笑！"挠挠头，心里很着急："中国需要快刀斩乱麻！"

恩来沉吟，不语。

老时关心地问："你一夜没睡了，是不是休息一下，下午再开会？"

恩来说:"不用,不用,我洗个脸就来。"

老时叮嘱:"还是要好好吃饭呀,不然,身体会垮的。"

恩来说:"噢,我很快就来。"

唉,周恩来何其艰难!他衔党中央的使命而来,而党中央的后面是共产国际的意志。到苏区,为推行一省数省胜利,夺占中心城市,走俄国"十月革命"的道路,即所谓"布尔什维克路线"。这个路线视毛泽东的"井冈山道路"为中国旧式农民起义、占山为王的错误路线。但是,他并不完全同意中央如此的认识。

周恩来何许人?他在巴黎组织成立了中国共产党旅欧支部;回国以后,担任过黄埔军校政治部主任,国民党军队的将领,很多是他的学生。北伐时,他领导过上海工人三次武装起义,"四一二"蒋介石叛变革命,他领导了南昌的"八一起义";来苏区以前,他又挽救了由于顾顺章叛变,导致党中央在上海的灭顶之灾。处于地下的中国共产党,如果没有周恩来运筹帷幄,几个党中央都可能被蒋介石灭绝了!在中国的政治舞台上,周恩来是大名鼎鼎的一张王牌。

此次,周恩来到苏区,接替毛泽东作为中央局书记,任务是推行走不通的"一省数省"取得胜利的路线。在他心目中,这条路线在苏联是对的,可是在中国这样做对不对呢？上海起义失败了，南昌起义失败了，广州起义也失败了；只有毛泽东领导的秋收起义，先失败，后胜利，上了井冈山。之后，在赣南、闽西一带打出了一片新天地，都与农民运动有关。毛泽东的《湖南农民运动考察报告》，扼住了中国革命的神经中枢：解决农民土地问题，写得痛快淋漓。另一篇《中国社会各阶级的分析》完全是马克思主义的阶级分析观点。在中国风起云涌的大革命热潮中，毛泽东的文章精辟犀利，一语中的！他走的这条路，紧紧贴近中国农民，引起各地的热烈响应，形成星火燎原之势。虽然也受到苏联的影响，使用"苏维埃"一词，但实质上着重点在农村、在农民。农民是中国人口中最大多数，这个现实不能不考虑。

到苏区以后，他看到农民兴高采烈，对红色政权、对红军亲近、热爱、不离不弃的样子，在中国历史上不曾有过。真诚、睿智、勇敢、大度、胸怀广阔，以天下为己任的周恩来，对毛泽东、对朱毛红军开创的惊天业绩，引燃的大江南北起义烽火，不能熟视无睹。他在匆匆用饭时，突然想到：我不能错把杭州当汴州啊！但是，中央的路线、共产国际的路线，布尔什维克与孟什维克斗争的胜利，才有了"十月革命"的成功。在讨论中央"一省数省"胜利的路线时，自己也是同意的呀……毛泽东"枪杆子里面出政权"的"农民起义"，在马列主义经典里找不到，这是一直搁在他心上的难题。他心里明白，今天的会不好开啊！

周恩来走进会场时，与会的主要人物都已到齐。他抬头看见一幅横标，上书"执行中央决议，决战决胜，争取一省数省取得革命胜利"，不禁哂笑。

恩来坐下，对诸位要人一一点头，打过招呼，宣布开会。

话音未落，会场好像开了闸，"代表团"为首的同志们争抢着发言，枪口对准了朱毛红军总政委毛泽东。

首席："我们天天讲《共产党宣言》，其中一句最著名的口号是'全世界无产者联合起来'。中国共产党是共产国际领导下的一个支部，要'以俄为师'，以布尔什维克为榜样，走俄国共产党人开辟的革命道路，这个道路具有普遍意义，是通往胜利的道路。同志们，引鉴在侧，可以知胜败。我们党，刚刚成立十年，举行了多次起义，虽然均告失败，牺牲了很多优秀的共产党员，但是，中国共产党不屈不挠，到今天，已经建立了强大的红军和苏维埃政权。在这个关键时刻，我们是前进，还是后退呢？"

会场上反响热烈："当然是前进！"

老时接着说："我们不能停留在小生产者狭隘的泥淖里，党内是有斗争的。"

哇！

这通道理，像是在会场竖起了一个标杆，对于文化、理论准备不足的革命者，如同醍醐灌顶，感到十分受用。

"代表团"中的老王补充道："所谓前进，就是要快速推进。中国革命是世界革命的一部分，'十月革命'推进了中国革命，那么，中国革命也要推进世界革命。现在，要保卫苏联，也就是保卫中国。有人讲，如果中国工农红军能够拿下几个省的中心城市，可以削弱日寇对苏维埃的重压，巩固其政权，对中国革命是有利的……"

"代表团"的老顾接过话："同志们，我们需要快速胜利。要知道，上海的龙华，南京的雨花台，还有长沙、武汉、广州、成都，国民党天天在折磨我们被捕的同志，天天在屠杀我们优秀的共产党员……"他不禁哽咽了。

在座的毛泽东看看周围的同道，感觉自己似乎处在被告席上。坐在后排远处的秘书，也像是被解除了武装。

毛泽东"哼"了一声，脸上露出微笑："你们用'全世界无产者联合起来'教训我，但是，我想告诉你们：在欧罗巴上空游荡的幽灵，现在来到了亚细亚，这是让一切封建的、资本的、野蛮的霸凌者害怕的共产主义真理，共产党要扫除一切害人虫，全无敌！这正是共产党的战略。虽然如今还很弱小，慢慢地会强大起来。"

周恩来对于会场氛围有些不满，看着毛泽东坦然的样子，问道："泽东同志，你有什么意见，可以说说。"

毛泽东回应："话说了很多，都被说成是经验主义、右倾主义……我还能说什么？一九三〇年，我和朱老总曾经想过先拿下江西省，试了试，不行呀！

"枪杆子里面出政权，是人民的政权，人民有了自己的政权，才能支援红军打仗，红军才有饭吃，才有衣穿，负了伤才有地方安置，才站得住脚。我说了一个螺蛳壳里做道场，有人骂我是封建主义，这是老百姓的语言，是比喻！我们是马克思的辩证唯物主义信徒，懂得事物总是由小变大、由弱变强，遵循从量变到质变，由否定到否定之否定的对立统一规律，想要一口吃个胖子是不可能的。"

"请问毛总政委，什么时候才能从螺蛳壳里走出来呢？"有人问。

毛泽东回答："二一年建党，三一年有了螺蛳壳里的中华苏维埃共和国，比起孙中山先生说的'余致力于国民革命，凡四十年'尚未成功，我们共产党如此这般搞下去，再有十年，应该是一九四一年，可能会有一省数省的胜利；再过十年，那是一九五一年，说不定会搞出一个新中国来……"

"啊呀，太慢了！我们能看到吗？"又有人发出疑问。

毛泽东笑了："马克思主义要建立一个没有压迫、没有剥削、没有贫穷的文明世界。即使在我们手里建立起新中国，那个文明世界还需要全世界人民去奋斗。这是我们共产党人的理想,要用一二百年的时间,你干不干?"

"一二百年……"会场上一片议论声。

周恩来第一次听到毛泽东如此沉着、如此冷静地运用马克思主义辩证法的评论,说得如此有理有节,心里感到震惊。但是,又想到自己来这里是执行党中央决议的,遇到这样的辩驳,决议还得执行,因为这是中央举手通过的决策,又有国际的背景,动不得的。于是,张开双手向会场示意。

恩来平和地对大家说:"再过二十年,会大有眉目,在座的都可以看见。现在,我们讨论一下落实中央决议的方案。经过几天酝酿,提出了南昌、赣州、吉安,意见比较集中。此外,还有长沙、武汉、广州,我们先讨论第一方案。"

又是一番议论。多数人同意赣州,其中有彭德怀;少数人同意吉安,朱老总勉强表态;毛泽东都不同意。

依据会议的讨论,苏区中央局决定打赣州,任命彭德怀为总指挥,改组红一方面军为中央直接领导,由周恩来代理总政委。毛泽东离开红军,留在后方,专职任苏区中央政府主席。

正在此时,蒋介石第四次"围剿"开始了。

周恩来、朱德依然运用毛泽东的办法取得了胜利,然后,挥军剑指赣州。

恩来为此问计毛泽东。

毛泽东仍然摇头，告以：赣州城堡坚固，三面环水，易守难攻，打赣州不划算。

周恩来、朱德、王稼祥领兵出发前，想带毛泽东随行，"代表团"坚决不同意，对周恩来的"调和"立场不满意，状已告到上海党中央。

苏区中央局成员，一部分随周赴赣州前线，一部分留守后方。

## 二十八

仲叔正在福建长汀地区处理案件，听到毛泽东被免去红军总政委的消息，如雷轰顶！连夜赶回瑞金，要面见周恩来，力争挽回这个大失误。

正好赶在周恩来出发前，仲叔拉住了将要上路的白马。

恩来武装齐备，刚刚出门，战马鸣叫，马夫、警卫、参谋人员集结门前。

仲叔风尘仆仆到来，警卫员认识仲叔，知道他是共和国最年长的人民委员，此刻赶来要见周总政委，不敢阻拦。

周恩来听到"恩来同志"的喊声，看到这位疲惫的长者，赶快施礼："仲叔同志，您这是从哪里来呀？"

"从长汀来。"

恩来明白他是为润之而来的，便拉着仲叔的手，返回办公室。

"怎么会是这样？！"耿直的仲叔气呼呼地说。

恩来请仲叔坐下，倒了一杯茶，双手送上。

仲叔接过，把杯子放在桌上，又问了一遍："怎么会是这样？！这样做会失败的！这不是一个人的事情！"

恩来心平气和地说："仲叔，你知道的，党内有规矩，少数服从多数，个人服从组织，全党服从中央。这是中央的决议，党员可以提意见，但是要听中央的……"

仲叔打断了恩来："我给你的那两篇文章……"

恩来立即回答道："我拜读了。《心之力》彰显出少年润之，即有雄才大略的苗头，那时他提出的星火燎原，已经变成现实。第二篇文章，润之已经捕捉到了'天机'，这是我党制胜的法宝之一，今后，中国的历史会证明，此'天机'长期存在，完全可以为我们所用。最后那段预示新中国的文字，我都可以背下来……"

"还给我吧！"仲叔气犹未消。

恩来无奈，从挎包里掏出两篇文章，是他专门做了封面，用硬纸袋装好，带在身边……

仲叔的心软了，把恩来递过的"宝贝"推回去，让他重新放回挎包，摆摆手："恩来，对不起。你快赶路吧！"

"润之的安全？"仲叔又着急地问。

"没有问题，我做了安排。路是曲折的，真理有时在少数人的手里，让多数人认识，需要时间，需要实践，也可能要付出代价。仲叔老师，您千万保重……"恩来无奈地转过身去，沉默片刻，装好文件，和仲叔走出大门。

仲叔上任以后，因为是人民委员，年纪又大，专门为他配了一匹黄骠马以及马夫、警卫员。他自己决定：当官不骑马，更不坐轿，苏区就那么大，出去工作，走路即可，既可以深入田间地头，还可以查看山河实情，所以总是穿着粗布长衫和草鞋，走村串户。

仲叔回到住处，洗脸、修面，换上军服，赶往叶坪，去看润之。

润之已经走了。

晚上，张牧骑着黄骠马从长汀回来，告诉仲叔："毛泽东去了长汀，住进了医院。"

"你没去看看他？"仲叔问。

张牧叹息："哪能随便看啊！"

"啊呀，谢天谢地，总算得到了一点消息。润之会生气，会生病，这是必然的！"仲叔心想重返长汀，但需要向项英副主席请假。理由呢？他想起了恩来的话，少数服从多数，个人服从组织，全党服从中央，这是大局。唉，润之遭难，还不如我遭难哪。

"哎，大局就是这样！真理，有时在少数人手里，只好等待。这也是智慧，也是信心，也是党性吧？我得学一学。"

仲叔准备向中央汇报长汀一行的工作。出门时，天下起雨来，淅淅沥沥的，春雨贵如油啊！他回到屋里披上蓑衣，戴上斗笠，前去上班。

秘书报告项英："仲老头回来了。"

项英立即起身出迎："仲叔回来了。"

仲叔对这位工人出身的领导心存敬意，迎上去，伸出双手与项英相握，一起进入办公室。

项英一边为仲叔斟茶，一边说："仲叔辛苦了！"

"不辛苦。我和张牧到兴国、雩都、会昌、长汀跑了一圈，下面从县到乡、到镇，都开了工农兵苏维埃代表大会，人民手里有了权，生机勃勃，一片兴旺发达的景象。我们的反贪法令，很受群众欢迎！通过调查，找到了一种制度：就是在省、县、乡、镇，设立检举箱，每一级苏维埃，都由工农检察委员会指派办事公道、认真负责的委员掌管钥匙，每五日开箱取出检举信件，上报各级检察委员会，由各级苏维埃开会评判,各级干部都要接受群众监督,效果不错。老百姓说,'这个木箱箱,是苏维埃的明镜高悬。从瑞金一直悬挂到县、到乡、到镇,像是包老爷的惊堂木,摆到了老百姓的家门口!当然,这个木箱箱也能检出好人好事……'"

项英高兴地说:"好啊,这是个好办法!"

仲叔突然话锋一转:"毛泽东对此评价说,'人民有自己的政权,会用民主的方法,教育自己,改造自己,使自己脱离旧文化、旧道德、坏习惯、坏作风,不让自己走上旧官僚、旧习气指引的错误道路……'"

项英立即收回笑容,冷冷地说:"仲叔啊,还是讲布尔什维克吧。"

仲叔回应道:"在苏联,我见过布尔什维克。难道毛泽东不是布尔什维克?"

项英一时语塞。

仲叔置副主席于尴尬境地,自觉有些失礼,可又不愿转圜……

项英随即说:"下午您过来一下,我有事和您商量。"

"好。"仲叔告辞。

下午,仲叔如约而至。

项英起立迎接,斟茶,坐定,说:"仲叔同志,下面转来一份报告,对你有意见。"

"好啊，有什么意见，我听听。"

"有个教书先生，在查田运动中被划为富农，你了解情况后，改为中农。下边说，您是右倾……"

仲叔哈哈大笑，伸手取下挎包，掏出一卷材料，放在项英面前："这是我调查的原始材料。"

项英认真阅读。

"我去过这个教书先生家里调查。他有三十亩田、六口人。兄长家三人，父子两个劳动力；先生家也是三人，有妻子、儿子，都在务农。把他们划作富农，理由是先生剥削了务农的兄长及侄子，定为了富农。这个理由太不近情理，我和农协会商量后，由富农改为中农。这是实事求是。"

项英点头："仲叔是对的，应当定为中农。"

仲叔内心一下子亮堂了许多，心想不愧是中国无产阶级的先进代表，趁势又说："有一位手工业者，做篾匠活计，家里无土地，租种地主家十二担田。他母亲借给别人二十元钱，收取了三元钱的高利贷，被划为富农，而他家本是贫农，岂不冤枉？"

说到这里，仲叔心血来潮："还是润之说得对，这些旧的观念，克服起来很不容易，需要很长的时间……"

项英站起身来："仲叔，我下面还有个会，今天就谈到这里吧。大家都知道，仲叔上任以来，不辞辛苦，深入基层，了解情况，处理了许多疑难问题。群众反映说，你是'苏维埃泥腿子的中央大员''红管家''共产党里的黑包公'。这么大年纪，下田扶犁、插秧，在田边和农友们喝一壶粗茶，吃一口红苕，你是苏维埃公仆的典范！"

仲叔起身离去。

## 二十九

彭德怀率红军攻打赣州，强攻将近四十天，久战不下，伤亡惨重。

蒋介石援军赶到，将红军主力包围。

周恩来打电报给项英，让他去找毛泽东，询问退兵之计。

项英找到毛泽东，毛立即赶往前线，告知恩来，此时宁都起义的军队恰好完成改编，这是一支很强大的生力军，恩来随即命此部队开往赣州战场解围。

此计果然奏效，红军得以撤出。

毛泽东又提出率领一支红军主力，远征福建的龙岩、漳州，可以取胜。

周恩来当即同意。

于是，红军东下，攻克龙岩、漳州，歼敌上万，并缴获了敌人飞机，筹款百万，从中拿出十万银元支援上海党中央。

中央苏区粉碎了蒋介石的第四次"围剿"，形势一片大好。

在毛泽东支持下，仲叔的工农检察部扩大了编制，配备骨干加大对新成立的苏区各级政府机关进行巡察、监护。

仲叔身挎红军挎包，带几个随从，到各地检查。人们说，他的挎包里装着三件宝：手电筒、笔记本、小纸头。

他常常夜访农家，解决农民提出的问题。有时到了田边地头，一边参加劳动，一边听取意见。这位老人家，下田劳动还是一把好手。

每到一地，仲叔都招呼本地工农检察委员会的开箱员，打开检举箱，里面有信件，还有检举材料。老人分门别类放进小纸袋。

一次，仲叔到叶坪工地检查，听工人说，每晚收工后，工程总指挥都会在食堂大吃大喝，大肆挥霍。那是为纪念牺牲的红军建造的烈士塔。苏区经济困难，拿不出经费，只好号召各地捐赠。殷殷建塔之情，眷眷捐赠之意，本是一份慎终追远、披肝沥胆、痛彻心怀的情意，岂容亵渎！

老人家立即布置调查取证，由张牧带人明察，仲叔带人暗访。不出几日，张牧根据烈士塔基建工人的反映，建塔定制的花岗岩石丢了三十块。他们又赶到为纪念苏维埃共和国成立一周年准备建造的苏维埃大礼堂工地，也丢失了基建岩石，并查知这两处工地食堂，每晚都有领导人饮酒吃喝现象。

仲叔找到苏维埃政府政治保卫局局长、海员出身、领导过省港大罢工的无产阶级杰出代表人物邓发，请求协助调查。

邓发慨然应允配合，夸赞道："老人家，宝刀不老，锋利出鞘，寒光闪闪呀！"

仲叔调查清楚了，这名邱姓工程处长的来历，去到他的家乡，看到邱某老婆，已经把穷日子过成了富日子，手上居然戴了金戒指。

妇人不认识这位远处来的像个算命先生的老人，把他请到堂屋问卦。

仲叔问过生辰八字之后道："想知道什么呢？"

"我家……官人，当了红军。"

"是官长？"

"当然是官长了！我怕他……"

仲叔趁势说："当红军，自然是有危险的。"

"我，知道有危险，所以想修一修祖坟，保佑他的官运,步步高升。"

仲叔明白了,烈士塔丢失的花岗岩会在那里:"离这里远吗?带我去看看。"

"不远,我正要去……"

果然,三十二块花岗岩石,堆在坟地上,每块石料的编号还在。仲叔掏出小本子,把编号一一记下,对妇人说:"这些数字很不吉利。"

"哎呀,那怎么办?我把它抹掉?"

"抹掉不管用的。"

"那可怎么办?"

仲叔动了恻隐之心:"从哪里弄来,还送回哪里,可以避祸。"

妇人说:"先生,还有别的法子么?"

仲叔摇头:"当红军是危险,弄这些数字更会遭祸。"说完,就离开了。

姓邱的往坟地送木料时,听到老婆说,来了个算卦的先生,讲那些石头上的数字有危险。

"算卦先生?长什么样?"

老婆告以:戴斗笠,穿长衫,很旧的,有补丁……

话未说完,被丈夫挥手重重地给了一记耳光:"那是苏维埃政府的检察官!"

妇人边哭边说:"那老哥说,从哪里弄来的,再送回去，就……没事了。"

"坏了我的大事！"丈夫扭头而去。

姓邱的苏维埃工程处处长，瑞金本地人，一九二九年参加红军，工作能力很强，最大的问题，在于受旧思想影响太深，手里有了权，就为自己打算，升官发财、光宗耀祖的思想主导着他的行动。

邓发派出的侦查员，对邱姓处长进行调查，惊奇地发现，他对仲叔怀恨在心，设计暗中伏击，要不是仲叔机智躲开，差点送了命。事情败露后，此人打算带着同伙，携款投敌，被保卫局的手枪队捕获。

此事报告了毛泽东主席、项英副主席，决定送临时法庭审判，由工农检察人民委员仲叔代理法庭主席处理。

取证的结果是：该处长盗窃石料、木材折合二百四十块银元，准备携械叛逃，再加上企图杀害工农检察人民委员，罪恶当诛。

代理法庭主席仲叔，本以为贪污行为不至于杀头；但准备投敌叛变，罪不容赦，只能判处死刑。

判决尚未宣布，说情者不断干扰，祈求留他一命。此外，对同案犯的处理，也有人提意见，认为应该同判死刑。左右说项，莫衷一是。

共和国初建，临时法庭还没有制定成熟的法律，到底听谁的呢？迟迟无法定案，人命关天呀！

此时，在上海的临时中央负责人博古、政治局常委张闻天等一班人马来到苏区。毛泽东也回到了瑞金，以共和国主席的身份，支持临时法庭判处邱姓处长死刑，同案人判三年监禁。

玉宇澄清，苏区人民拍手称快。

党中央从上海迁入苏区，最想开刀的就是毛泽东的"右倾机会主义"。

左风劲吹，毛泽东危机重重，仲叔感同身受。

毛泽东私下告诫仲叔："要正确对待，不可过急。"

"事关大局！"

"都讲马克思，都讲布尔什维克。你忘了《九章》所说，'青黄杂糅，文章烂兮'，没成熟的果子，需要时日，需要风雨洗涤，等到成熟了，那时再吃，就不涩了。"

"噢！"仲叔感慨，润之果然是师兄啊。

在理性上，仲叔承认毛泽东说得对，但感情上还是非常难受。特别是听到他们对毛泽东的诋毁，甚至让润之彻底休息，离开红军，离开共和国主席的岗位，这意味着共和国大难临头，岂能不急？

终于，毛泽东被撵走了，离开了瑞金。

接踵而来的是，项英副主席请仲叔到办公室谈话。他还像先前那样，口称"仲叔"，斟茶、让座，然后转入正题。

"仲叔啊,您老人家很辛苦,兼职很多,创造的业绩很大。你整顿了苏区的邮局,原来瑞金到长汀的信件,十天都到不了,现在一天就能到,两天就可以回执,这才像共和国的邮政啊!我们想找个人,代替你的人民委员职务,让他们按照你的方案,整顿各地市容、商业、交通……你看可以吗?"

"好啊,我同意。"

"另外,您兼任临时法院主席,太忙,下面上报的案子太多,您老人家也忙不过来,找个人替你,好吗?"

"好的,"仲叔回应,"不过,杀头可要慎重啊!头掉下来,就安不上去了。"

"好好好……"

仲叔想了想,又说:"听说博古来了。当年在苏联时,他对我们这些老头子很热情,帮助我们学俄文,唱俄语歌,大家很高兴。我想见见他,可以吗?"

"当然可以。不过,他现在不在瑞金,去了龙岩、漳州,回来后,我会告诉他。"

"好的。我老了,能为新的国家、新的社会和人民,尽绵薄之力,此生足矣。请项副主席指定人员跟我联系,我好一一交代办理。"

## 三十

以博古为首的党中央来到苏区，对项英的无力、对周恩来不偏不倚的作风不满，于是将先前派来的干将一脚踢开，直接把矛头对准了毛泽东。

这些青涩的留苏精英，不仅把毛泽东排挤出红军，而且连他的人民委员会主席职务也让给了张闻天。

毛泽东被撵出瑞金，到很远的地方去"养病"，用他的话说，"被整得灰溜溜，鬼都不上门。"

仲叔生气地说："哎呀！何至于此啊？"他在莫斯科中山大学认识了博古，是很优秀的江南才子。细谈起来才知道，博古是大宋词人秦观嫡传的后代。想当年，和润之到湘南乡村考察，路过郴州，还去郊外的苏仙岭拜谒岭上的"三绝碑"。那是大词人苏轼爱徒秦少游（秦观）被贬至郴州，在馆驿中留下一首名词，苏轼赞赏，写在自己的扇面上。之后，少游抑郁而亡，苏轼挥泪题跋："少游已矣，虽万人何赎？"书法家米芾同情他们的遭遇，将少游的词、苏轼的跋一并抄写下来，由郴州主官勒石刻在壁上，成为著名的"三绝碑"。当时，仲叔还学着毛泽东的湘潭话，给秦家子弟背诵了一遍，引起博古很大的兴趣：

雾失楼台，月迷津渡，桃源望断知何处。可堪孤馆闭春寒，杜鹃声里残阳树。

驿寄梅花，鱼传尺素，砌成此恨无重数。郴江本自绕郴山，为谁流下潇湘去！

仲叔还对他说，"毛润之亦爱诗词"，并为他背诵了《沁园春·长沙》："独立寒秋，湘江北去，橘子洲头……"那时，博古满脑子俄文，对这些不甚了了。"不管怎么说，我们有过那一段经历。如今，需要跟他说说，党中央应该接纳毛泽东，此事非同小可。"仲叔心想。

几番动问，皆迟迟未回。

其间传来"福建事变"的消息，在淞沪激烈对日作战的国民党十九路军，被蒋介石派往福建，参与对苏区的第五次"围剿"。该军主将蔡廷锴、陈铭枢、蒋光鼐，联合李济深等人，强烈反对蒋介石的内战政策，在福建公开宣言组建"中华共和国人民革命政府"，与蒋决裂。

这件事印证了毛泽东早前说过的，随着日寇侵略加重，国内的阶级矛盾，将会被民族矛盾取代。共产党应当支持"福建事变"，联合抗击蒋介石的"围剿"。

毛泽东被赶出决策圈后，上书党中央，建言：抓住时机，组织红军主力，突进到以浙江为中心的苏、浙、皖、赣地区，纵横驰骋于杭州、苏州、南京、芜湖、南昌、福州之间，变战略防御为战略进攻，威逼敌人回援，以解苏区之围。

以博古为首的党中央，对于毛泽东的上书不予理睬，对"福建事变"这个战略机遇信不过，不与十九路军合作。

南京的蒋介石，立刻出动九个师进行讨伐，"福建事变"土崩瓦解。

此刻，博古正在起劲地批判毛泽东。先从批判福建省委书记罗明开始，认为他执行了毛泽东路线；接着又集中批判邓小平、毛泽覃、谢维俊、古柏，把他们统统撤职。

仲叔感到毛泽东危在旦夕，但是，他真的有这么大的罪过吗？

仲叔担心毛泽东的安全，去找了周恩来，找了张闻天，找了朱德。

朱德告诉他："你放心，会保护毛泽东的。恩来曾说，'做过安排'。"

朱德是军神，此话让仲叔稍稍安心。不过，他还是一再要找博古，认为凭着在苏联学习时的交情，应当可以谈谈的啊！

意气风发、军政两忙的博古留出了时间，与老友仲叔见面。

当年在莫斯科时，是一老一少的战友；回到上海见面时，博古已是团中央书记；如今，更是中国共产党中央负责人。此番见面，博古确有些少年得志、挥斥方遒的架势。不过，对仲叔还是起身迎接，让座、待茶。

谈起当年莫斯科交往的旧事，博古问起："'三绝碑'还在吗？"

"估计还在。不过郴州现在不在我们手里。"

博古问："郴州在哪里？"

"在湘南。"

"离这里多远？"

仲叔摇头："从长沙到郴州，大约七百里……"

"噢！"博古略显失望，叹息道："七百里……"

仲叔笑了："中国之大，不可以道里计。"

博古点头，又摇头："不可以道理计。"

此时，仲叔不知为什么，想起了当年恩师说的一段话，不禁一吐为快："我的老师说过，少游先生，自幼聪颖，熟读唐诗，崇尚西昆，写得一手好词。可是，那个年月，没有贵人相助，也是屡试不中，进不了门。之后，幸遇高人指点，要他去见苏东坡大家。少游以一首《鹊桥仙》进呈东坡大师，东坡连连说：'好好好，极妙！'于是，少游得以拜东坡为师，成为东坡四大弟子之首。有东坡推荐，秦观进入庙堂。当然，东坡大师也屡遭贬谪，何况少游？'三绝碑'就是……"

"嘻！"博古听得不大耐烦了，"仲叔同志，有什么事情要说？"

"我想谈谈毛泽东。"

"谈毛泽东什么呢？"

"我以为，中央应当正确对待毛泽东。"

"噢，"博古口气变得有些怪，"你跟小毛关系不错？"

"什么？"仲叔惊异地问。

"什么？"博古反问。

仲叔压住心头之火："你称呼毛泽东……小毛？"

博古改口了："开个玩笑嘛！"

"这个玩笑开不得。你哪里来的这个毛病？"仲叔训斥了总书记。

"你，够厉害的！"博古生气地说，"说我这个总书记有毛病？！"

"长幼有序，中国人都懂，难道总书记不懂？"仲叔直率地说。

"哼哼……"博古按捺住火气，"叫一个小毛，就惹翻了你！你知道吗？毛泽东就凭他手里有军权，屡屡抵制党中央的正确路线。共产国际的指示，因为他就行不通啊？人们叫他老毛，我就叫他小毛，我要破一破对他的迷信。"

"你破他的迷信，不怕连苏维埃共和国也破坏掉？"

仲叔质问式的回答，更让博古生气了："苏维埃是毛泽东创造的吗？那是苏共、布尔什维克创造的。毛泽东读过几本马克思、列宁的著作？"

"不在多，而在精。一本《共产党宣言》，马克思主义的精华足以力挽狂澜于既倒之神州。救生民出水火的毛泽东揭竿而起，赴汤蹈火创立了井冈山的朱毛红军，才有了今天。"

博古毕竟是博古，他放松下来，和颜悦色地说："仲叔，你在苏联是读过马列的，很用功的。马克思主义是要纯洁的。马、恩、列、斯从来都是与党内出现的左的、右的修正主义，以及托洛茨基主义作斗争。中国也不例外，陈独秀、李立三、瞿秋白右的、左的斗争不断。您老人家难道不知道布尔什维克的纯洁性？！"

仲叔反问："毛泽东哪里不纯洁呢？"

博古沉思不语。

"你看过毛泽东写的《中国社会各阶级的分析》吗？你看过毛泽东写的《湖南农民运动考察报告》吗？你看过毛泽东写的《时局估量和红军行动问题》即后来的《星星之火，可以燎原》吗？"

博古仍然不语。

"这些文章，哪些是不纯洁的？没有远见卓识，怎么可能……"

"哎？"博古疑惑地问。

仲叔点破："山沟里出不了马克思主义，这样说对吗？"

"这话不是我说的。但是也没什么错吧？马克思主义是在资本主义国家产生的，虽然是反资本主义的。"

仲叔强调："马克思主义既然是放之四海而皆准的科学真理，在中国就有存在的理由，包括在山沟里。"

"你认为，毛泽东的主张是马克思主义的？"博古反问。

"对！"仲叔肯定地说，"中国有句最简单也最深刻的哲学用语，叫作'实事求是'。这四个字包含的真理性，也符合马克思主义真谛。"

"嗨！"博古又生气了，"毛泽东凭借他手中的权，一再阻挠中央制定的国际路线，不执行党中央决策，坚持山沟里的游击战，不同意尽快夺取一省数省首先胜利。中央决定，要清算毛泽东推行的右倾机会主义路线。仲叔同志，你是共和国的工农检察人民委员、临时法院主席，应该和中央站在一起，批判毛泽东的右倾错误思想。"

仲叔严正地说："作为共产党员，我有权对党中央的决定提出意见，可以吗？"

"当然可以。"博古明确地回答。

"事实将证明，中央的决定不符合中国的实际，会碰得头破血流，危害难以计量。"

"哈哈，看来你白在苏联读书了。"

仲叔站起身来："恕我直言，你在苏联跟着中山大学副校长米夫学习马列主义。但是，米夫不是苏轼，博古不是秦观。"

"啊？"博古惊讶了。这位江南才子，自认为是纯洁的马克思主义者，被这个前清秀才、潇湘新锐的革命老人，顶得痛彻心扉，溃不成军。

## 三十一

仲叔激愤之言，捅了党中央的马蜂窝。

不顾蒋介石第五次"围剿"的空前大动作，批毛运动如火如荼。

仲叔在共和国的各项职务一律撤销，并且派人调查仲叔"右倾机会主义"的表现，打算给这位年纪相当大、参加过"一大"的老党员以处分。

中国的事情，就这么怪。蒋介石"剿共"屡"剿"屡败，请了一个德国人做总顾问。此人是一战时德军中将，战败后，在中国找到了出头之日，为蒋介石出主意，用堡垒战把红军严严实实地包围起来，最后总攻、"剿灭"，蒋介石照计而行，此乃中国国民党之文化的"杰作"。而当时，以博古为首的中国共产党中央，指挥反"围剿"无计可施，却也从上海来了一个德国人，名叫李德，是来自苏联的德共。他在苏联学过军事，参加过西班牙反佛朗哥的战争，如今成了博古的顾问。没出息的国民党文化，遇上了"纯洁"的共产党文化，靠这两个德国人斗法，一个是败军之将，给蒋介石出主意；一个是为博古出主意，拒敌于国门之外。

"苏维埃"，被蒋介石五十万大军层层包围，红军的土碉堡天天被轰塌，蒋介石的洋碉堡越修越多，包围圈越包越紧，红军在洋枪洋炮、越缩越小的包围圈内，消耗、挣扎。败军元帅远比那位红色的小卒子厉害得多，后者却被博古奉为军师，一朝权在手便把令来行。那么多红军将领的话都听不进去，红军的血、战士的命，天天牺牲在强敌炮火之下；苏维埃的百姓苦心经营的新生活，日日处于毁灭之中。博古宁肯听命于一个半吊子，也置在中国成长起来的人才于不顾，早期迷信的、盲动的、不成熟、不自信的弱小的中国共产党，需要用多长时间、多少失败、多少流血牺牲，换来觉醒、换来自信，何时才能走出中国的道路？！

处分下来了。鉴于仲叔是"一大"代表，网开一面，留党察看，下放到瑞金城外一个乡里做群众工作。

仲叔把那套红军服洗净、晒干，平平整整地叠好，包起来作为永久的纪念。然后重新穿上带补丁的长衫和草鞋，头戴斗笠，到了乡下，天天和乡民一起劳作，听他们聊天，了解他们的疾苦……他心中的毛泽东不知现在何方？病体如何？睡在床上夜不成寐时，辗转反侧，浮想联翩，徒唤奈何。

一天，仲叔突然得知张牧病逝，噩耗传来，如雷轰顶。他拄着一支竹竿，赶往医院送别。

院长一再说，张部长是累死的，也是饿死的。

仲叔点头："他在国民党监狱中受伤过重……"

第五次反"围剿"越反越糟糕，苏区的困难越来越多。仲叔悲从中来，在张牧坟前擦掉眼泪，悲切地说："牧兄，对不起，你走到了我的前头。记得最困难的时候，我们一起读毛泽东的《时局估量和红军行动问题》即后来的《星星之火，可以燎原》。现在，我再念文章的结尾，与你共勉！'它是站在海岸遥望海中已经看得见桅杆尖头了的一只航船，它是立于高山之巅远看东方已见光芒四射喷薄欲出的一轮朝日，它是躁动于母腹中的快要成熟了的一个婴儿'。

"牧兄，你听见了吗？润之遇到任何艰难险阻，都用这幅图画鼓舞自己。我们在困难中，也共同背诵过这诗一般的文字，一道汲取力量。你怎么年轻轻的就先走了呢？"

前来送葬的战友、同志，一片哭声。

突然，从送葬队伍的后边，响起一曲震天的唢呐声。

仲叔知道是中元老人来了。

果然，伍中元吹着唢呐，领着他的全班人马，冲出队列，直奔墓前。老人边吹边流泪，身边的吹鼓手、敲锣打镲的老乡，都是一身孝服，来送张牧。

哀乐低沉，如泣如诉，倾吐着人们心里的悲哀、忧怨，肝肠痛断。

仲叔掏出毛巾，为中元擦泪。

老人泪如雨下，心里明白仲叔此时的心思："我知道你的难处，我无能为力啊！"说完，与班子里的年轻人示意，改换曲调，吹奏起仲叔老伯教给他们的那首苏联歌：

我们祖国多么辽阔广大，它有无数田野和森林，
我们没有见过别的国家，可以这样自由呼吸……

此时此刻，听到这首歌，仲叔痛彻肺腑，哀叹道："这是给中华苏维埃共和国吹奏的一支挽歌！"伍中元明白，立即换了一支歌，是井冈山时期，红军唱的欢快战歌：

红米饭那个南瓜汤哟咳啰咳，挖野菜那个也当粮啰咳啰咳，毛委员和我们在一起啰咳啰咳，咳！……天天打胜仗，打胜仗……

"中元，谢谢您！"仲叔诚挚地给中元和他的班子鞠躬、致敬，"张牧啊，你听见了吗？这是中元大师和他的班底，是赣南的人民为你送行啊！"他泣不成声了。

## 三十二

李德到来，博古庆幸有了依靠，党权、军权、政权都掌握在自己手里，事事听从李德。他带着李德，李德带着他，奔往前线，指挥红军主力与国民党军主力在广昌会战，最后以失败告终，苏区的北大门失守。未几，苏区的南大门——筠门岭亦失守。败局已定，中央苏区危在旦夕。

此时，党中央决定派一支红军北上抗日，吸引包围中央苏区的敌军，以便解围。为此，调集刘畴西、寻淮洲、胡天桃，组建北上抗日先遣队，与赣东北苏区领袖方志敏的部队会合，组成先遣兵团——红十军团，远征浙、苏、皖。由方志敏任军政委员会主席，刘畴西任军团长兼红二十师师长，粟裕任军团参谋长，寻淮洲任红十九师师长，胡天桃任红二十一师师长，此四位领军者都是湖南人。

远征军在瑞金组编而成。胡天桃寻机去见仲叔。通过伍中元老人家才得知，仲叔被"贬"，下放于郊区农家。其助手张牧也病饿去世。噢，他明白了，现在天天打败仗，就是因为毛主席下台了，洋顾问瞎指挥。仲叔被解职，那是当然的事。

天桃狠狠地骂了一句，拜别中元老，催马出城，去见仲叔。

七月的瑞金骄阳似火，本来出城以后可以放马疾驰，无奈道路两边担架队拥挤不堪，从前线转运下来的伤员络绎不绝。马儿似乎知道天桃急于想见仲叔的心情，但是跑不起来。这些伤员，都是天桃的战友，他心痛不已。战局如此不妙，马儿哪里知道啊。

军情紧急，刻不容缓。天桃伸手摸摸马颈，湿漉漉的，他对马儿说："不着急，让担架先走……"

马儿气喘吁吁。

总算遥遥在望了。正想打听仲叔住在哪里，却见绿油油的稻田里有几个老乡在耕作。仔细一看，有个戴眼镜的老人，啊，正是仲爹。马儿机灵地站住了。

天桃跳下马，直奔田边。

仲叔直起身来，身体消瘦、鬓发全白，身穿一件对襟短衫,挽着裤腿,踩在泥田里,对着不敢相认的天桃大声喊:"天伢仔,你怎么来了?"

天桃跳进水田:"老爹,你找得我好苦!"泪水、汗水直淌,淋淋漓漓,像刚从水里捞出来似的,他用双手扶着仲叔。

乡民们惊奇地望着,一个骑马的红军军官,是……?

仲叔对大家说:"我的伢仔。"

"老爹,你在干什么?"天桃不解地问。

"我们在捉稻虱,这是稻田里的反动派。"仲叔随手拨开稻穗,捻住一个米粒般的虫子,给天桃看。

天桃随着仲叔回到住处。

仲叔想让天桃把湿了的鞋袜脱下来,清理一下。

天桃忙说:"不用不用,时间紧迫,我还得赶回去。"

"那么急呀?"仲叔不舍地问。

"是啊,我的工作调动了,马上就要出征。"天桃回应。

仲叔关切地问:"到哪里去?可以告诉我吗?"

天桃爽快地说:"北上抗日,中央组建红十军团为抗日先遣队。"

"好啊!抗日,毛主席早就说过的。"仲叔兴奋了。

"我们的军团长是刘畴西同志,黄埔一期的,又是苏联伏龙芝学院的毕业生。黄埔东征时,他是敢死队队长,首先登城，丢掉了一只胳膊；参加过南昌起义；在反'围剿'战场上屡立战功。由他兼任红军第二十师师长。十九师师长是寻淮洲，秋收起义，跟着毛委员上了井冈山，是孤胆英雄，也是反'围剿'战场立过大功的指挥员。我是二十一师师长，新手。我们军团的参谋长是粟裕，第一次反'围剿'，活捉张辉瓒，就是他的部队。十军团到赣东北以后，与江西人民热爱的、文武双全的领袖方志敏会合，由他担任军政委员会主席。打日本，不用动员就可以！"天桃从衣兜里掏出那枚奖章，"老爹，此物留给你最合适。"

仲叔的心一下被触动了。孩子远征，要壮行，连杯酒都没有。这个最高的荣誉，我应当替他保存……想到这里，他掉泪了，没有推辞，把那枚带着孩子体温的奖章，装在内衣兜里。

"爹爹，我不能久待，等胜利归来……"

"好好好，老爹等你胜利归来。"

天桃话锋一转："那个李德，我们都恨死他了，真想……"

仲叔摇头："不可胡想。博古他们不是坏人，是革命者，是个半睡半醒的革命者，他们会醒来的，会认识毛泽东。"

天桃接话："但愿如此。"

"伢仔，你听我说。"仲叔郑重其事地坐下来。

天桃见老爹要对他作临别赠言，连忙洗耳恭听。

仲叔强调地说："仁者爱山，智者爱水。润之是当代的仁者、智者。爱山，如同万山之祖，攀登昆仑山顶，站得高，看得远；爱水，最爱黄河、长江，水往低处流，服务人民，服务万众，永远滋润大地，养育万物生长。

"你要记住，毛泽东告诉我们，中国人讲仁义礼智信，是好的。可是，在私有制下，在皇帝神仙的统治下，往往会念歪、走偏。共产党人接受《共产党宣言》，实行公有制，把仁义礼智信和马克思主义理论相结合，体现于'五爱'：

"一、爱祖国。爱祖国的山河大地，爱祖国的光辉历史，爱祖国的文化。

"二、爱人民。人民是大地的主人，只有人民，才是财富的创造者、壮丽河山的绣匠。爱人民，就要做人民的公仆。共产党要听群众意见，要给人民说话的权利。人民是山、是海，有无穷无尽的力量。人民中孕育着优秀的人才，出圣贤救国之人。

"三、爱劳动。不要脱离劳动，劳动可以创造文明，不要成为高高在上、四体不勤、五谷不分的官僚。

"四、爱科学。包括自然科学、社会科学、人文科学。共产党要尊重科学、运用科学，反对用科学残害生灵，不要妄图改变科学规律。

"五、爱护公共财物。公共财物是人民的血汗，是自然的精魂，不可随便抛洒……

"这'五爱'，应作为中国人的公德，先由共产党人做起来，带领人民去实行。简单说，'五爱'即公有制下面的仁义礼智信。细说起来，可以写成厚厚的一本书。"

天桃重复念了两遍"五爱"箴言，他感觉到这是老爹的"临别遗言"，温暖心怀。

仲叔双手拉着天桃，不由得老泪纵横。伸手从床头取出那套舍不得穿的红军服，递给天桃："你带上它，北边天冷，可以御寒。"

天桃不忍地说："给了我，爹爹穿什么？"

仲叔笑着："你忘了，那时我仅有的三十元钱，给了你，才有今天。这套衣服给了你，会让你得胜回朝……"

天桃只好收下了。

## 三十三

这天，仲叔正在稻田里干活，一匹黄马跑到路边。吧！他惊异了，这不是他的黄骠马吗？

跳下马来的，正是仲叔的警卫员地桃——这是他给小警卫员起的名字。

十六岁的地桃，原名苟伢仔，是红军烈士的后代。

"地桃，你怎么来了？"仲叔即刻走出水田，问道。

地桃高兴地说："总务部通知，这匹马还是你的，我还是你的警卫员。"

仲叔摇头："我不需要马，让那些打仗的同志用吧。"

"为什么不用？！"地桃半生气地说，"你有什么错？"

"伢仔，不要乱说。我在这里很好，不需要马。"

地桃似乎被老人家泼了一盆冷水，不高兴地说："你不要我了？"

仲叔笑了："你想来收稻谷，可以呀！脱鞋下田吧。"

地桃干脆地说："下田，谁不会！我是来给你报信的，还得马上回去。"

"你报什么信呢？"

"这马，还是你的；我，也还是你的。"

仲叔赶忙说："你，我当然要……"

地桃迫不及待地说："这匹黄骠马是一匹宝马。"

"哎，我知道，是宝马，应该给打仗的将军骑。"

"哼！"地桃不满地说，"将军都气疯了，撤职的撤职，判刑的判刑……"

仲叔明白这是意料中的事，消瘦的脸庞微微抽搐，汗水淌了下来。

地桃知道，人民委员是在心痛啊，连忙把新到手的驳壳枪从身体右边挪过来："首长，你瞧，我换枪了。"

仲叔立刻警觉起来："谁给你换的？"

"天桃哥。"

"唉！"仲叔叹息，"你怎么搞的？"

"天桃哥说，'你那把烂驳壳，怎么能保护首长安全？'硬给我换的。"

"哎，他要上前线……"

"他说，他可以在战场上缴获。"

"咳，你好不懂事啊！"

"那，那怎么办？他已经走了。出发那天，中元老爹全班人马，吹吹打打好热闹，祝他们旗开得胜，马到成功！"

"地桃啊，仗，打得怎么样？"

地桃叹口气："广昌会战失败了，石城、宁都都丢了……"

"啊！"仲叔吼了一声，"你这个傻伢仔，是来报喜的，还是报丧的？！"

"当然是……把马还给你……"

"这么大的事情，你不早说，是个天大的丧事。"

"这不是想让你高兴一下嘛！"地桃辩白说。

"这有什么高兴的啊？！"

"告诉你，也不过白生气，你有什么办法？"地桃感到委屈。

仲叔摇头，叹息："你去把马喂好，让它喝水。跑了那么远的路。"

"是。"地桃答应。

刚想走，仲叔又问："你会吗？"

地桃回答："让它吃草、喝水，我会的。老饲养员说，让我赶快回去。"

"赶快回去？也得让它吃饱、喝足，才行啊！"仲叔挥手，"快去喂马。"

听到喜讯，仲叔心里本来有些高兴，以为把马还给他，事情会有所转圜，还可以回去办一些没有做完的事。但是，听到决战失败，广昌等地失陷，苏区北大门尽失，萧劲光将被判死刑，想到如今，丢失广昌，显然违反了毛泽东的方略，该受审判的应当是李德、博古。

此时，天空传来飞机轰鸣声。三架国民党军的飞机，从屋顶低空飞过，国民党党徽标识，看得清清楚楚。听声音，可以想到是飞往瑞金，去丢炸弹的。

听到隆隆的爆炸声，仲叔心急如焚，中央苏区覆灭的命运，就在眼前。解救危难，只有润之，他需要尽快回瑞金去。

地桃跑来："首长，听到了吗？"

"听到了。你快去喂马，我要立刻返回瑞金……"

仲叔回屋收拾，独坐床头，陷入沉思。

中共六届四中全会，在共产国际代表米夫直接干预下，王明实际掌握了中共中央的领导权。不久，王明又去莫斯科做中共驻共产国际代表团团长，把这副沉重的担子，交给了一个刚及弱冠之年的江南才子博古。临别之时，他明确告诉这名秦少游的后代："一切听国际的，不可自行妄为。"

仲叔知道这个博古，像是做了一个白日梦。有王明、米夫贵人赏识，二十啷当岁，成了中国共产党的负责人。恰好又来了洋人李德，可以亦步亦趋，便真的以为自己真理在手。二十来岁，竟敢称呼中华苏维埃共和国的创造者之一的毛泽东为"小毛"。当时，毛泽东四十一岁，已经是很成熟的马克思主义者。自己在激怒之下，才说出"米夫不是苏东坡，博古不是秦少游"，惹恼了这个总书记。博古到苏区来，第一个要拿下的就是毛泽东。因为，在他的眼里，毛泽东不过是湖南的乡巴佬，井冈山下来"占山为王"的山寨王。他甚至觉得，仲叔比毛强，在苏联念过马列的书，还是个清末秀才。博古自己读过四书五经，熟悉中国历史，能够背诵唐诗、宋词，又攻读过俄文版的《资本论》，明白列宁的俄国资本主义发展理念，理论修养比较高，而且才思敏捷。他当年与自己相识时，是个热情的、富有朝气的青年。如今却视毛润之为"仇人"，终于把苏维埃共和国的一盘好棋下烂了。

反罗明、反邓毛谢古、反"右倾机会主义"、反毛泽东的结果，必然是中央苏区的覆灭，意味着蒋介石封建的、买办的政权复辟。红军拼杀过来、牺牲无数革命者生命的成果，将毁于一旦。白色恐怖的报复，中央苏区的人民、干部、红军家属，就要人头落地，这个代价，谁付得起？……想到这里，他出了一身冷汗。

反复思考，此时此刻只有润之可以挽救败局。仲叔决定立即返回瑞金，去找他们。

仲叔起身，去见乡苏维埃主席，告诉他，要回一趟瑞金。

乡主席也正要找他："仲老，听到了吗？"

"听到了。"仲叔急忙回答。

乡主席忧心忡忡地说："损失小不了！"

"是啊，我要回一趟瑞金。"

"好的。仲老伯，红军顶得住吗？"

仲叔想，这是个难题，只好说："要早做准备。"

乡主席着急地说："稻谷眼看要熟了，红军的饿饭，很快就可以解决。"

多好的乡亲啊，仲叔鼻子发酸，轻声说："我还会回来。"转身辞别。

正好，地桃牵马迎来。黄骠马，远远地"咴咴"叫了两声。

"哦！小黄啊，你还记得我？！"仲叔从地桃手里接过缰绳，翻身上马。

这匹马本是润之派给他的。因为仲叔揽事多，天天要往下边跑，给他派一匹好马，也合乎常理。

毛泽东曾经说："仲叔是一团火，一堆情。"仲叔对这匹马，就像对待家里那头老牛、那只大黄狗一样，亲得很。黄马对这位老人，也通人性，多久不见了，还记得他，想念他。今日一见，分外高兴。

## 三十四

蒋介石派来的飞机，把瑞金炸毁了。

这座从唐朝开始建置的古城，顷刻间，变成了一堆废墟。百姓死伤惨重，人体残肢挂到了树上，桥下的小河，流淌着血水，这就是蒋介石的文化，对不肯做奴隶的人们"斩立决、杀无赦"，不过，用的是西方现代化的杀人工具。

在满目疮痍、遍地残肢、血腥扑鼻的人间地狱里，仲叔去找谁呢？

叶坪，当年那个伟大的"螺蛳壳"已经失去踪影。新建的红军烈士塔仍然屹立不倒，但也伤痕累累。广场被炸出几个大坑，只有那株仲叔心目中的怪树，居然毫发无损。

当年的民房，已土崩瓦解。润之居住的地方也成了一堆渣土。

仲叔欲哭无泪，心想，他们都到哪里去了？！

地桃提醒："到沙洲坝去了？"

黄马吼叫，从怪树下叫出了饲养员老秦，他正在树洞边睡觉，一咕噜爬起来："啊呀，你们命真大……"

仲叔问："他们呢？"

"早走了。"老秦拍一下身上的灰土，急忙接过地桃手里的缰绳。

黄马闪动着长长的睫毛，见到老秦，就像见到父亲一样高兴。

老秦立即把黄马嘴里的嚼子卸下来，看了看马的舌头，瞪了地桃一眼，掰开马嘴让他看。"我知道，你小子骑上它就疯跑……"老秦埋怨道。

地桃看见马舌上有一道深深的勒痕，吐吐舌头，悄声说："对不起。"

仲叔从润之住过的废墟走来，问道："老秦，人都到哪里去了？"

老秦回答说："说是去梅坑了。"

"梅坑在哪？"仲叔忙问。

地桃和老秦都摇头。

仲叔走近黄马，开玩笑地说："你知道吗？"

黄马见了老主人，高兴地点头。

地桃奇怪地说："呲，它知道？"

仲叔心急如焚，催促赶快去梅坑。可是，梅坑在哪里呢？"走，去打听。"

仲叔走在最前边，地桃、老秦，还有黄马，紧随其后……

赣南田野一片金黄，稻穗饱满，丰收在望。如今瑞金尽毁，叶坪已成废墟，苏区百姓房倒屋塌，哀痛悲切。

锦绣河山，一夜之间变成了这个样子，仲叔欲哭无泪。

梅坑终于找到了，是个小山村。

三人在村口遇到骑马出村的项英。

项英立即下马，紧握仲叔的手，"仲叔，你回来了！"

仲叔问："大家都好吗？"

"都好，都好，我们有准备。"项英回答。

"润之，毛泽东在哪里？"仲叔急切地问。

项英说："他，去会昌前线了。"

"噢，"仲叔感到宽慰，让润之上前线，又起用他了，他会有办法的。

未等仲叔说话，项英急忙地说："仲叔，你进村吧，我有急事，先走一步。"

"去吧，快去吧。"仲叔心里一块石头落了地，却又觉得，项英为何如此紧急？想让他多说几句都来不及。作为共和国副主席、军委代主席，把一盘烂棋下到这般田地，怎么交代？怎么告诉百姓？怎么告诉共产国际？怎么告诉良心？告诉自己？就这样匆匆飞马而去！

在梅坑，仲叔看到红军干部、战士们都灰头土脸。

"哦。"又遇见在瑞金接待他的中央管理局处长。

"仲老伯，你来啦。"

是啊，仲老伯已经不是当年从苏联、上海来到苏区的人民委员，而是受了党纪处分、撤了职的仲老了。处长把他安排在村边靠河的一个小酒馆的房子里暂住。

地桃、老秦和黄马也挤在小酒馆的马号里了。

仲叔向处长打听恩来、博古、闻天的消息。

处长一概摇头不知。

仲叔那身军服已送给天桃，自己穿着又破又脏、汗味扑鼻的长衫，在酒馆老板看来，还不如警卫员、马夫穿着正规的红军服装，这让他感到这位老伯地位有点奇怪。

仲叔肚子里装满了问题，向谁去问呢？项英不知跑到哪里去了，村里穿军服的人不少，但都不愿说话。他猜想，谁都有解不开的问题。又听说，兴国已丢，敌人近在咫尺，看来，这梅坑也不是久驻之地。可是，中央在哪里？红军总部在哪里？

大家都像装在一个闷葫芦里。眼前的迫切问题是：敌人何时来？我们往何处去？不知道啊……

一天，村边飞来一匹马，来的是林伯渠老人。

林老在酒馆前下马。

仲叔迎上去。

在中央苏区有五个老人。其中，林伯渠是孙中山挚友，协助孙先生做了很多大事情，在国民党里有很高地位。孙先生走了以后，加入了共产党。仲叔惯于称他为兄长、大哥。

"大哥，你……"仲叔惊奇地说。

林伯渠连忙说："我是专程来看你的。"

进入房间以后，地桃从酒馆要了一把瓷壶，冲了一壶茶，斟茶后退了出去。

伯渠悄声说："党中央和红军总部，要退出苏区。"

仲叔点头："我看，也只能如此。到哪里去呢？"

"到湘南。已经派王震、弼时带第六军团出发，开路。"林老回答。

仲叔又问："这里怎么办？"

"由项英留守。成立中央军区，项英任司令员兼政委。"

"噢，"仲叔点头，他认为，项英人不错，"留下这一大砣子……"他想了想，接着又问："毛泽东呢？"

伯渠迟疑地说:"他,可能留,也可能走。现在还没定。"

"他不是去了会昌前线吗?那里可是南大门!"仲叔又关切地问,"毛泽东的职务呢?"

伯渠说:"还没有恢复他的军职。"

仲叔肯定地说:"我认为毛泽东会有办法……"

"唉!"林伯渠叹息、摇头,不置可否,稍作停顿,接着说,"中央决定,我和董老、徐老、谢老随军一起走。"

仲叔马上说:"如果毛泽东不走,我也不走。"

伯渠委婉地说:"中央决定,你留下。"

听到这个决定,仲叔脑子里一片空白!"五老"独剩他这一个人留下,像是被抛弃,像是受辱。其实,四位老人也不同意这样做。在莫斯科留学时,仲叔是他们的班长,带头苦读俄文过关。今天,唯独把他留下!五个老人,除了林老比他大两岁,徐老同岁,其他人都比他小。在危难时刻,把这个老人丢下,于情于理都说不过去。四老屡次上书,也不管用。内中的原因,就是他和中央批判的毛泽东有亲密关系。因此而抛下他,于心何忍?!无奈,只好推举林老前去看望、告别……

仲叔毕竟是有胸怀、有胆识、有信仰的共产党员。与其说,是他寻找到毛泽东;不如说,是他认定了毛泽东。知天为圣,知地为贤,他认定了毛泽东是救国救民于水火的圣贤之人。既然你们把我看作累赘,我绝不做你们的包袱。朝闻道,夕死可矣!

仲叔最后提出:"希望中央善待毛泽东,让润之和他创建的红军一起走,就会有转机。我愿为中华苏维埃共和国流尽最后一滴血!"

"啊……"林老感慨,仲叔如此坦诚,不用劝,真大丈夫也!

仲叔真诚地说:"林大哥,外边就是小酒馆,我们饮几杯好么?"

"好好好……"伯渠连连点头。

"你等一下,"仲叔起身到酒馆里问,"有好酒吗?"

老板对仲叔印象极深,看样子,官不小,一点架子也没有,布衣、草鞋,湖南口音,像个乡村秀才,连忙回应:"还有一点。"

"什么酒?"

"你们湖南的'湘西老酒'。"

"呀!"仲叔高兴了,从身上摸出两块银元,往柜台一放,"来,我包了。"回去拉着林老,来到酒馆,"这里有我们湖南的名酒。"

林老看到酒瓶,果然是啊:"真是久违了!"

老板无奈地说:"啊呀,对不起,只有一盘花生米。"

"可以,可以。"二老兴致勃勃,斟满两杯。

仲叔站起身来，举杯祝福："大哥，一路平安！"

林老双手捧杯，连连说："彼此，彼此！"一饮而尽。

三杯下肚，心潮澎湃。

仲叔说："大哥，记得吗？"

"三年苦读俄文，你是班长，给我们找来辅导老师……"林老哈哈大笑。

"当时，读《联共党史》，有列宁的一句话：'严重的问题是教育农民。'那时，我们讨论得很热烈，如何理解列宁这句名言？'小生产者……不断产生资本主义……'"

"农民到底是……敌？是友？是……？"林老附议。

仲叔回忆道："徐老是我和润之的老师。他当时说了一句话，我还记得清清楚楚，他说，'对农民，要实事求是，不可自以为是'。"

"记得，记得……"林老确认。

仲叔强调："毛润之的一篇《湖南农民运动考察报告》，就是徐老说的实事求是。"

林老连连点头："对对对！"

仲叔感慨地说："润之在叶坪对我说过，旧社会，统治阶级的思想，是统治的思想。共产党要用新思想、新道德，用民主的办法、说服教育的办法，去改造劳动者在旧思想、旧道德统治下沾染的坏习惯，以共产党人的'五德'为农民做表率，让解放了的农民，摆脱统治阶级的影响，成为新型的劳动者，新社会真正的主人。"

"'五德'？"伯渠问，"什么五德？"

仲叔说："爱祖国，爱人民，爱劳动，爱科学，爱护公共财物。这是新社会的'修齐治平'、仁义道德、礼义廉耻。"

"啊！仲兄，你得道在先呀！"林老斟满一杯，举起来敬奉。

仲叔谦诚地说："不敢当。我不过是洞庭湖边一个乡巴佬，读了几本经书，遇上了润之，跟着他学了《共产党宣言》。润之受马克思主义的引导，找到了解放的道路。中国不仅要反封建，还要反对帝国主义。马克思主义是对付帝国主义的利器！毛泽东有了办法，要善待他。

"人，总是有缺点的，得看大节呀！这是后话，让人民去说，让历史去说，公道自在人心。当前，不用毛泽东，自然会备尝酸甜苦辣咸，五味俱全啊！更不用说复辟的味道，蒋介石会重演当年蒙族铁骑狂掳，八旗放手屠戮的故技！"

仲叔呼唤："地桃！"

地桃应声跑来。

"叫老秦带黄马过来。"

老秦牵着黄马来到酒馆外。

仲叔走到黄马面前，抚摸着马头，对老秦说："这匹马，我用不上了，送给我的老师徐特立老人骑，你就跟着徐老吧。"

老秦落泪。

仲叔对林老说："这是一匹好马，稳当、皮实，有人情味，跟徐老合适，请你代转。老秦是山东人，唐朝开国上将秦叔宝秦琼的后代，上过井冈山，资格很老。"

林老泪下。

仲叔转身去掉长衫，从身上脱下毛衣，送给林老："长途艰辛，穿上这件毛衣，可以御寒。"把热乎乎的毛衣，双手递到林伯渠手里，"你一定要收下，我心里痛快。"

林伯渠老泪纵横，掩涕，掏出钢笔，留诗一首：

共同事业尚艰辛，清酒盈樽喜对倾。
敢为叶坪弄政法，欣然沙坝搞财经。
去留心绪都嫌重，风雨荒鸡盼早鸣。
赠我绨袍无限意，殷勤握手别梅坑。

仲叔双手接过，叠好装进衣袋。

老秦牵过黄马，与仲叔告别。

黄马慈眉善目，微微甩头，轻轻地打着响鼻。很久不见，刚刚重逢，马儿似乎心里明白，这是永别。

地桃捂着脸，不知如何与秦大叔、黄马告别。

仲叔与林伯渠拥抱，送他上马。

林老上马后，老秦牵着黄马，不忍回头……

## 三十五

在仲叔心目中，林伯渠不仅是兄长，而且是长辈。此时，仲叔与林老对酒盈樽，尽吐心怀，得到理解、宽慰，心痛稍安。细读赠言，如琼浆，似甘霖。得到自己心仪的长辈垂爱，一通百通。

荒鸡一鸣天下白，大梦醒后看升平。

清酒一杯丈夫泪，难舍袍泽挚友情。

酒铺老板见仲叔喜笑颜开，把桌上的两块银元递给他："这酒，我请了；这钱，你老人家收起来吧！"

仲叔推辞道："我和我的马，都住在你这里……"

老板诚挚地说："闲着也是闲着。你住在这里，是我们的福气。我才知道，你原来是苏维埃青天大包公！"

"什么青天大包公呀，我现在是无官一身轻，该让年轻人去做了。"仲叔感慨地说。

"那，太可惜了！"老板感叹道。

仲叔接应说："不可惜。我老了，总要让年轻人挑担子呀！"

"可也是啊！"老板点头，"这钱，你收回去吧。"

地桃进来，眼睛哭红了："黄骠马走了，秦叔眼泪掉了一路，大黄马傻傻地跟着……"

仲叔安慰地桃："年轻人眼泪多啊。你知道吗？林老随着孙中山先生闹革命，屡战屡败，伤心、痛哭了多少次哦，眼泪都流干了，最后，加入了共产党。"他抚摸着地桃的头。

酒馆老人叹息不已。

此时，四个红军战士抬着一副担架，停在外边。

进来一个战士，手拿瓷缸："给伤员，讨口水喝。"

仲叔连忙问："伤员，是谁呀？"

"啊！首长，是你呀？"战士惊奇地说，"伤员是我们军长，陈毅同志。"

仲叔"哦！"了一声，赶快出门："仲弘，是你？"

陈毅回应道："仲叔，你也在这里？"

老板从屋里搬出一个小桌子，取来茶壶茶杯，给他们斟水。

仲叔急切地问："仲弘，你怎么了？"

"负伤了，刚做完手术。"陈毅回答。

"伤得厉害吗？"仲叔关切道。

陈毅诙谐地说："蒋介石的炮弹，不往我脑壳上打，偏偏打到我的屁股，做手术，还要脱光了……"说话时，痛得龇牙咧嘴。

仲叔招呼战士们喝水，然后端起水杯，呼唤地桃："快去拿个勺子来。"走到担架旁喂陈毅饮水。

陈毅喝完水，临走时，说了一句话："仲叔，看来我们同是天涯沦落人！"又告知仲叔："兴国丢了！我在兴国前线老营盘负了伤……"

看着担架远去，地桃问："他是谁呀？"

仲叔回答："被贬直言陈仲弘啊！"

地桃似懂非懂……

一句"同是天涯沦落人"，让仲叔感慨万千。仲弘不过是在赣南会议上为毛泽东辩护了几句，就成了沦落人。他还年轻啊！正是可用之人……心里十分痛惜。

寄居在酒馆里的仲叔，站在路边，看着过往的红军部队向西北行进，问酒店老板，才知道，那是通往零都的方向。

一天，仲叔在院子里，突然听到远处传来呜呜咽咽的唢呐声……赶快出门，循声望去。

正在行进中的红军三路纵队，后面紧跟着送行的老百姓，犹如"爷娘妻子走相送，尘埃不见咸阳桥"。

伍中元的班子夹杂在群众的队伍中，唢呐吹奏的曲调低沉、激昂、苍凉、悲壮……

紧随左右的百姓，叫着、哭着、喊着。

队伍里一些战士也在叹息、掉泪。

将到酒馆门前，中元老人看到了仲叔，连忙把唢呐交给徒弟，从人群里跑出来："老哥，你怎么会在这里？不跟部队走啊？"

仲叔拉住中元的手："我不走。"

"为什么不走？"中元老人一脸疑问。

仲叔大声回答："中元老哥，我跟你们在一起！我爱赣南王的曲调，吹到心里去了，让人热血沸腾啊！这是红军的歌，是苏区人民的歌，是悲歌，是喜歌，是明天胜利的歌。中元兄，你是人民的歌者，是红军胜利的歌者……"

中元靠近仲叔低声说："老哥，主力走了，守不住了！你留下来干什么呀？！"伍中元涕泪满面。

仲叔真切地说："我刚刚接到通知。留下来的人很多，要留下来坚持，迎接主力回师！"

伍中元稍感安慰，看到他的班底已经走出很远，只得抹掉眼泪，放开仲叔的手，去追赶队伍了。

行进的队伍、送行的乡亲，仍然像一条流淌的河，在快速前行。赣南王的唢呐和他的全套班子的打击乐，鸣奏出荡气回肠的长歌，似能听到《十送红军》，音调哽咽、凄楚，在天地间盘旋、回响。

天地、洪流、歌声、哭声、脚步声，把哀叹重重地压了下去。

仲叔、地桃、酒馆老板伫立路旁，黯然泪下。

当晚，接待处长正式通知仲叔：

"党中央、中央军委、红军主力、中华苏维埃政府，已经从瑞金撤出。中央任命项英同志组建中央军区，任司令员兼政治委员。陈毅同志任中华苏维埃共和国中央政府办事处主任。龚楚任中央军区参谋长，贺昌任军区政治部主任……仲老，项英同志让我送你到'鸭百'，那里是山区，将来中央军区也会移驻那个地方。你老人家先去，做乡苏维埃政府……顾问。项英同志说，你有这方面的长处。明天，啊，你老已经把坐骑送了人，我们只能徒步行军了。"

"好。"仲叔慨然答应。

处长欲走，仲叔问道："毛泽东同志现在哪里？"

"不知道，先前听说他去了会昌前线，现在不晓得他在哪里。"处长答。

"送行的时候，你看见他没有？"仲叔追问。

处长苦笑："送行，我没有资格去呀，我是留守的。"

仲叔无奈地"噢"了一声："明天什么时候出发？"

"我来找你吧，咱们慢慢走……"处长淡然无味地说。

## 三十六

一九三四年深秋，红都瑞金陷落了。

轰轰烈烈的中华苏维埃共和国，走了！

留下几百万解放了的赣南、闽西人民，丢下几千名为共和国献身的伤病员，留下了上万人口的一大摊机关、学校、医院、后勤设施，走了！

博古，忠实执行王明的指示，一切听从共产国际的，不可越雷池一步。结果，把从山沟里杀出来的马克思主义、经营了五六年的革命事业搞垮啦！

出发前，博古指示新成立的中央军区司令员兼政委项英，要小心陈毅。他负伤了，留下来，不给军职，以免干扰你的工作。总之，一切听中央的电报指示，坚持住，准备迎接主力回师。并且选择了也是从井冈山下来的龚楚做参谋长。

从瑞金、宁都、兴国撤出来的上万人员，进入了雩都的山区，一个整装的红军师，留给了项英、龚楚指挥……

冬日的山区，北风料峭，拥挤在山沟里的人马，饥寒交迫，度日如年。

项英忙得不可开交。他怕陈毅干扰，偏偏陈毅拄着拐找上门来。

陈毅急切地问："中央有什么指示？"

"坚持，迎接主力回师！"

"回师？！"陈毅不由得哈哈大笑，"见鬼哟！"

项英很不高兴，真是，怕什么，来什么！只好说："陈军长，你坐，你坐。有什么高见，请讲。"

政治部主任贺昌，听到陈军长来了，连忙来到项英办公室，坐在一边，想听听陈毅讲些什么。

陈毅憋不住心里的火气，挂着拐，站着说："不能再等了。敌人现在没有进山，是因为我们有四次反'围剿'的胜利，余威还在。他们不敢马上行动，留给我们的时间屈指可数了。眼前，这一大坨子事情，需要赶快处理！"

四次反"围剿"胜利的余威之说，让项英听得很不舒服，加重了口气："怎么处理？"

陈毅凝神静气，认真地说："立即从正规部队里抽调一部分骨干，分配到各省、各县，甚至区一级单位，组建游击队。所谓坚持，我看，只能以游击战来对付，组成十几个、几十个、上百个游击队。军区参谋部门，要赶快制定几套游击部队联络暗号和通信办法。军区的后勤军务，要把武器、弹药，分发下去。要依靠人民，发动群众参与、支持红军游击队，要保卫群众利益，打击、严惩复辟的地主武装，钳制进山'围剿'的国民党正规军……

"要赶快解决几千名伤病员的安排问题。我的意见是，动员山区百姓，收留红军伤病人员，将来做他们的儿子、女婿都可以。他们是红军的根苗，需要老百姓收留。重伤员，要转入深山区，指派医务人员照顾治疗，他们是红军的功臣，为苏维埃流了血，在这个艰难时期，行动不了，极容易遭到敌人的摧残、屠戮，我们要想办法保护他们……"说到这里，陈毅哽咽了，"我们临走时，要给这些伤员带上手里仅有的盐巴、粮食、钱币，让群众使用……"

项英灵机一动："这几千个伤员的事，就由你来解决，好不好？"

陈毅慨然应诺："可以。我可以给山区民众作揖，拜托他们收留这些苏维埃的功臣！"

贺昌关切地说："陈军长，你的腿行吗？"

"行，"陈毅回答，"拄着拐棍就可以。我也是个伤员啊，作为军长，义不容辞。"

贺昌主动地说："陈军长，我可以协助你。"

"那就更好了！"陈毅爽朗地笑了。

"还有，"陈毅补充道，"要赶快疏散。艺术学院的学生，年轻的演员，不能打仗的人员，让他们先走，到长沙，到武汉，到上海去。将来有用，现在，一时用不上……

"另外，我们一些重要人员，身体有病，年纪又大，应该提前安排专人负责，送他们去上海，去香港，做隐蔽工作。比如，得肺病的瞿秋白同志，六十岁的仲叔同志。

现在，包围圈尚未收缩，还可以走出去，不然，损失会更大……"

对于贺昌先前的附议，项英心中不快。博古走时嘱咐过，不给陈毅军职，是为了不让他干扰中央的部署。现在这一套说法，岂不是干扰？这怎么可以！他立即打断了陈毅的话，问道："你是不是也想走？我可以放行。"

陈毅发火了！用拐杖狠狠地戳地，因为用力过猛，伤口疼得出了一头大汗。疼痛提醒了他："忍耐，是力量，更是智慧。"

贺昌有些不安，劝说着："我看，陈军长不是这个意思。"

项英赶快说："不是这个意思，很好。"

陈毅无限感慨。他与项英在苏区相识不止一二年了。这位武汉工人阶级代表，在党内权力大，地位高，是政治局委员，担任过中革军委主席、共和国副主席；现在又是中央军区的司令员兼政委，巍巍乎高哉，十分忠诚，但是对不同意见油盐不进，这锅饭，可怎么做？怎么吃呢？

"司令员同志，我不会走。我一定坚持到最后。"陈毅站起来，忍住疼痛，"我要告诉你，时不我待。应当以分秒必争的速度，准备迎接大风大雨。大爆发的灾难将要席卷而来……"

项英又打断了陈毅的话："你承诺处理伤病员的事，还是要办的呦。你在苏区已经五六年了,老百姓都认识你,处理起来会比较顺利。"

陈毅看到项英一口咬定,此时再不告退,自己的耐性就要崩裂了,于是,转身离去。

项英、贺昌起身相送。

项英明白,留下来的人,懂军事的陈毅稳居首位,心想,他要是听招呼,支持我的工作,该多好啊!

临行,陈毅再次提醒:"时间紧迫,大风暴就要来临,现在已经晚了,一失足成千古恨,开不得玩笑!"

项英握着陈毅的手,坦然地说:"我是很认真的。一切要听中央的!"

陈毅无言,拄拐而去……

## 三十七

在处长的陪同下,仲叔和地桃一起跋涉,进入雩都东南山区,赶往新的驻地——鸭百。

起初,还能够遇见红军伤病员撤往山区的队伍。轻伤者忍痛步行,重伤者或被搀扶,或被担架抬行。呻吟声、哭泣声、哀叹声,不绝于耳。仲叔心痛不已,愁肠百结。

主力走了,剩下这些伤员,是共和国留下的最弱者,大难临头,谁替他们抵挡?几千人的性命,困苦、伤痛、饥渴,谁来负责?!一路行来,仲叔步履维艰,恨不得杀回去找项英,问个究竟。

再想想,在梅坑口,偶遇项英,支吾几句匆匆而去。他是最高领导,别后再未见面。如今,自己被贬,送往鸭百,离群索居,有力使不上,正确的意见被污名化。润之和他的战友们,用智慧、用血肉之躯,开辟出来的破天荒的大好事业不被承认。他们来了,不出几日便把润之拿下,将欣欣向荣的苏维埃搅和得一败涂地。也不知润之现在何处?但确信他会逢凶化吉……自己算得上被放逐,不敢和屈原相比,却比屈老先生幸运地看见了光明,神州未来可期。与苏区人民、伤残勇士承受洗劫……不,百姓无罪,不可受罚,战士负伤,不可受辱。想到这里,仲叔自嘲地一笑。

鸭百,是雩都东南山区的一个小村庄。

靠山临水,山是大山,水是贡江的支流,是红白交界的地方。

红军在这里经营了一个物资存储、运输的隐蔽基地。现在,主力走了,仓储已经无用。

村边临河有一处红军留下的小院子,仲叔到达时,一个红军小战士出迎。

仲叔奇怪地问："你？……"

处长说："这个小鬼，是瞿秋白同志的警卫员谦禹。"

"噢！"仲叔恍然。

瞿秋白从屋里出来，面色苍白，行动恍惚，在警卫员扶持下，伸出双手："仲叔，你好啊！"

仲叔明白，这位共和国教育人民委员，身患肺结核，已多日不见，原来在此养病。

一个老炊事员出来迎接："这下子好啦，两位人民委员，可以聊天……"

仲叔对着处长、地桃说："瞿秋白同志，在武汉时，曾任我党总书记。当年，蒋介石背叛革命，在上海放手屠杀共产党人时，秋白在武汉召开了党的'八七会议'，决定：以武装反抗国民党的屠杀，毛泽东领导湖南秋收起义，红军诞生了，共产党走向了武装斗争的道路。"

秋白腼腆地摆手："好汉不提当年勇。仲叔，进屋吧，先喝杯水，解解乏……"

二人携手进入房间，仲叔只见一床、一桌、一凳，家徒四壁，冷清复冷清！如此养病，岂不……

秋白看出仲叔的不满，笑着说："这里空气很好，结核还算满意。"想安慰这位急公好义的老人："这里不错啊！你可以去外边看看，山水、绿色，皇天后土，是个养病的好地方。"

秋白淡然相告，二人摇头叹息，胸中郁结着各自解不开的惆怅、愤懑、忧虑……

仲叔想起陈毅前几日说的那句话："同是天涯沦落人"，苦笑着："一言难尽……"

说话间，处长已经和地桃把秋白隔壁的房间收拾好，掏出一叠苏维埃共和国纸币送给仲叔："这是两个月的津贴。之后，由留守中央局、中央军区司令部管理。"

秋白问："那，你呢？"

处长无奈地说："我回去，接待处解散，重新分配工作，在哪里还不知道。请二位首长保重……"临走时，又说："我去跟炊事员老林打个招呼，让他尽心尽力照顾好首长。"与二人握手，难掩一副凄苦的样子。

送走处长，仲叔回来对秋白说："原来，我们不算放逐，还有人管。"

二人哈哈大笑。秋白一阵剧烈地咳嗽，吓坏了仲叔，赶忙倒水、捶背，抱歉地说："都怪我……"

从此，秋白有了伴，仲叔与秋白对话，收获颇丰，没有冷落之感。

秋白很想陪仲叔到外面去看看，呼吸一下河边的新鲜空气。

仲叔怕引起秋白咳嗽，一直劝止。

这一天，冬日阳光和煦，气温回升。仲叔挽着秋白的手臂，由地桃和谦禹护卫着，到村边去散步。他们走到村尾，不远处就是绕村而过的小河，两岸成排的古樟树，逶迤而去。走近一些，更能领略樟树的风采，敦实、粗壮，好像是同一年、同一天生长起来似的，个头蓬勃，扶摇直上，大有干云接天的气概。冬日特有的萧瑟、冷峻，被这傲岸宏伟的墨色覆盖了。

秋白脱口而出："皇天后土，此地甚好！"

仲叔问谦禹："你知道这条河叫什么名字吗？"

"不知道，"谦禹补充道，"我问过老俵，老俵摇头说，'嘻，就那么一条河嘛！'"

仲叔感慨："这树是谁栽的呀？有年头了，起码二三百年啦。"

从路边吹来一阵小风，樟树的芳香，随风而至。秋白赞叹："樟树的味道，驱虫避害，护卫着清平世界。"

仲叔回应："得天独厚，令人羡慕。前人栽树，后人乘凉。树知，河知，天知，地知，不晓得，人知否？！"

秋白肯定地说："人知！"

"唉，我们四个人在这里聚会，我提议，给这条无名的河起个名字，就叫秋白河吧！"仲叔兴致勃勃地说。

"同意！"谦禹、地桃高兴地拍手。

秋白谦逊地说："秋白何德、何能，敢于在此命名？"

"秦人不暇自哀，而后人哀之，后人哀之而不鉴之，亦使后人而复哀后人也。秋白既然说此地甚好，命名秋白而鉴之，足见后人未忘也！"仲叔确定地发挥道。

樟树扶摇，河水静流，天光和煦，尽兴而归。

## 三十八

在夜里，仲叔听到秋白传出的咳嗽声，心里很着急：肺病需要加强营养，整日里喝粥、吃菠菜豆腐，病体如何支撑下去？危机就在头顶，不晓得哪一天就会掉下来："不行，秋白需要营养，走，到村里去！"

早饭以后，天气不错，仲叔把秋白扶到院子里，靠在墙边晒太阳。然后，带着地桃和谦禹到村子里，去给秋白寻找补养身体的食物。

在路上，谦禹悄声说："处长不让我们去村里，一切供应由他们送来。"

仲叔问："现在还送吗？"

谦禹摇头："很久不送了。现在只有粳米和自己种的青菜，天冷了，就没菜吃了。"

"肺结核很伤身体，营养太差要送命的！"仲叔说，"敌情严重，可能他们顾不上了。"

"是的,"谦禹悲哀地说,"只有盐水,可以佐餐……"

仲叔边走边说:"好在我们都穿便衣。可以到村里看看,不能再这样下去了。"

村子很小,民居散落,无街无巷,更没有小店铺。见到村民,都很和善,仲叔感到,老俵们大概都知道我们的底细,只是不明说罢了。

碰见一位大嫂,仲叔施礼:"我们想给病人,买些吃食……"

大嫂指点:"上面那一家,养鸡、养鸭,你可以去看看。"

还没有走到那家门口,一条大黄狗跑了过来,摇着尾巴,一点都不把他们当外人。

仲叔低下头抚摸黄狗,想起了儿时的好朋友——大黄,恨不得把它抱起来:"啊呀,你怎么长得跟我家大黄一样呵!"

地桃和谦禹惊奇地看着,人民委员开心得像个孩子,笑得那么天真灿烂……

大黄狗一点不认生,举起前蹄,搭在仲叔身上,用长长的舌头舔他的手,真像是两个老朋友。

院门口出来一位老人,白发、白须,微微一笑,喊了一声:"大黄,不可无礼呀!"

大黄收敛了一些，尾巴还是摇得挺欢实。

仲叔说了句"真好！"抱拳向老者打招呼："长辈，您好！"

长者还礼："先生，何方人士？"

"洞庭湖是我的家乡。"

"有什么事吗？"

"身边有个病人，需要补养，想来贵府打扰。"

"可以，可以。请到院里坐坐。"

仲叔带领地桃、谦禹走进院子。

大黄进了院，对着鸡、鸭，猛冲过去。惹得鸡飞、鸭叫，大黄高兴地回到老人身旁，安静地卧下。

一位青年农民从屋里出来，送茶。

老人对青年示意，如此这般……回过头，兴奋地对仲叔说："湖南洞庭，江西鄱阳，长江东去，留下两湖鱼米之乡。"

"是啊！"仲叔点头，"可惜，大好河山支离破碎，云板报丧，不绝于耳……"

"云板，何人敲？报何丧？"老人疾问。

仲叔笑答："天敲，地敲，百姓敲。"

老人激赏地说："华夏陆沉，天知，地知，先觉者知，大智大勇者敲，敲醒者难啊！"

仲叔倒吸了一口气。老人的话，直击心底，似乎是遇到高人了！立即站起，拱手致敬："先生真有先知之明……"

老人还礼："我是个弱者，没胆识，没勇气，一把年纪了，整天与它们为伍。我知道，你们是贤者，替天地敲云板，敲的既是为旧中国报丧，更是为新中国报春！"

说话间，年轻人提着一只竹篮过来，里面装着鸡蛋、鸭蛋、风干的腊鹅，双手捧着放在石桌上，恭敬地告退。

老者说："狗伴山谷中，鸡鸭陪吾行，些许农桑籽实，略表柏寒之心。"

仲叔感激地举手致谢。

地桃从口袋里掏出一叠纸币，想递给老者。

仲叔摇摇头说："把包袱拿来。"

地桃不解地把包袱放在石桌上。

仲叔解开，将自己新做的土布长衫，双手献给长者。

老人推辞不肯接受："这些东西，都是自家的收获，心安理得，何劳先生奖赏。"

仲叔诚恳地说："难得遇见先生理解，给予回报。一件布衣留作念想。"

"噢呦……"老者激动，掩面无语。

仲叔心恸："请问先生尊姓大名，不知肯赐教否？"

老者泪湿："山气日夕佳，飞鸟相与还。此中有真意，欲辨已忘言。"

仲叔揖谢："命击云板，春秋归来！"

"谢谢先生犒赏。"

仲叔令地桃、谦禹站成一排，向老人告辞。

老者笑言："三军也！"

黄狗和主人一直送客到门外。

## 三十九

苏区最后一座县城雩都沦陷后，中央苏区成千上万的人马，退入雩都南部山区牛岭、马岭一带。

陈毅几次催促项英及早分散，迅速组建游击队，都被拒绝。

项英固执地说："没有中央的命令，只能坚持，等待主力回师。"

西行的中央，此时刚刚从湘江战役的灭顶之灾中突围出来。

项英的电台天天呼叫，得不到回音。

国民党十几万大军，已经把中央苏区包围笃定，突围时机尽失。

项英仍不肯罢手。

长征中的中央，正处于旧的不去、新的不来的"分娩"难产之中，顾不得项英不停地呼叫、不停地请示、不停地讨要办法。

项英挠头了，这时，才想到问计于陈毅。

陈毅摊开双手："晚了！"

"晚了，就按晚的来吧！"项英无可奈何地说。

贺昌痛苦地说："黄花菜，都凉了！"

"大雷雨，就在头顶上，躲不过了，只能硬拼了！"陈毅忍着一腔怒火说。

贺昌开始骂人："他娘的，队伍退到牛岭、马岭，谁选的这个地方？牛头马面，是守候在地狱门口的两个把门鬼哟！"

项英不满地说："主任同志，要唯物主义呀！"

贺昌回应："你还晓得唯物主义？唯物主义，就应当实事求是，不应当自以为是，现在的局面，就是自以为是造成的！"

"司令员同志，只能硬性突围了。这个牺牲，是大灾难的洗劫。不可计算的人头落地，血流成河，中央苏区，明天就会变成魔鬼横行的活地狱。唯物主义好说，地狱之门真的敞开了！"陈毅沉重地说。

项英急得像热锅上的蚂蚁："地狱，地狱！你们说怎么办？"

陈毅叹了一口气："只能分路突围。"

项英连忙问："怎么分？分几路？"

"这要和大家商量，"陈毅思忖着，"像秋白、仲叔这样有病的、年老的重要人员，应当先走。"

项英立即说："瞿秋白、仲叔老这些人，由你制定一个方案，中央局研究通过，立刻放行。"

陈毅明白，自己没有军职，分兵突围的问题不便参加。作为办事处主任，送走秋白、仲叔是他分内之事，由他接手办理，理所当然。只是晚了，四周都有敌军，还有地主武装、民团作乱，怎么走？风险非常大，安全没保障。只能组织一支便衣手枪队，混在逃难的人群中，只要从长汀翻过山，就可以脱险。然后，再决定去上海，还是香港，还是……？看形势决定。可以打电报告诉各地同志接应。

这个方案，中央局通过，马上执行。

一切安排妥当，陈毅去鸭百送行。


秋白因为仲叔的到来，一扫长期的孤独、郁闷，精神振作，夜里睡得好，咳嗽也减少了。

二人晒着太阳聊天，敞开心扉，坦率交流，自然会涉及润之。

秋白有感而发："仲叔啊，你是近水楼台先得月呀。在党内，你是最早认识毛泽东的，最先发现、认定毛泽东对于中国命运的决定性价值,得此绝非偶然!皆因为在心中生长着一株中华民族五千年文明的纯洁之树。这株树的核心是什么?就是:亲民止于至善。很多儒者,做不到亲民至善,半途而废。"

对于秋白如此评价,仲叔十分欣慰。曾经主持中央工作的秋白,这样肯定润之,让他心存感激,润之确实当之无愧!至于夸奖自己,心中那株不死的文明之树,实在不敢当啊!

秋白继续说:"中华文化,五千年不断,延续至今,说明在中国人的心里,都有这个树种,都会不同程度地生长出中国独特文明的树苗,你有、我有、老百姓都有,只不过,你的树更茁壮、更健康。长在湘江,长在洞庭,长在湖湘之地的丛林中,获得了必然的结果。"

"唉,在他们眼里,操一口湖南腔的毛润之,不过是个乡巴佬,我只是一个清末的穷秀才,朽木不可雕啊!"仲叔感慨地说。

秋白坦诚地说:"'八七会议'时,我想把润之留在中央。他的两篇文章《中国社会各阶级的分析》《湖南农民运动考察报告》气势恢宏,力压尘嚣。最后,他讲出了'枪杆子里面出政权',人们听不惯,说蒋介石不就是这样嘛,我们共产党人……无论如何,这个人绝非寻常。我想留他,被他婉拒,说要回湖南,搞秋收起义,用武装反抗国民党……我只好作罢。我心中的那棵树,还是幼苗,经不起风吹雨打！"

秋白叹息："我生在江南，你长在湖湘……"

仲叔安慰地说："江南好啊，人文荟萃，人才辈出！"

秋白接着说："太软了！中华文明在此时，更需要湖湘人才。"

仲叔回应："软，也需要的，只是不要放错地方。"

"睿智啊，仲叔，我就是被放错了地方的。"秋白摇头。

"不对！"仲叔认真地说，"'八七会议'是硬邦邦的会议，南昌起义、秋收起义、广州起义，烽火连天，才有今天……"说到这里，他改口强调："神州陆沉，岌岌可危！中国文明不死，救国之心，人皆有之。一时间，仁人志士踊跃前行，寻找救国方略，纷纷然如弄潮儿，成群结队，软硬皆有……"

仲叔与秋白晒着太阳，暖意融融，云蒸霞蔚，情意浓浓。

突然，院外传来一声战马嘶鸣。

地桃、谦禹出院，迎来了一位不速之客。

原来是陈军长仲弘，挂着拐杖，匆匆而来，见着二位谈兴正浓，惊奇地说："嗨，你们还在高谈阔论？！"

仲叔对秋白介绍说："他就是叱咤风云的陈毅。"

陈毅与二位一一握手，带着三分喘气、七分羡慕的心情问："你们谈什么呢？热火朝天的，我也想听听，参与一下，释放我的思想自由之精灵。"

"欢迎你加入。"仲叔高兴地说。

秋白也兴奋地说："将军本色是诗人！"

陈毅拱手拜谢："不敢当啊！仲叔知道，我是润之的学生，冒犯过毛泽东呵。知道错了，我和朱总赔罪，把他请了回来。宁都会议上，我为润之辩护了几句，丢了官。蒋介石又趁势打了我一炮，沦落到今天这个地步。我呀，文不如恩来，武不及朱总。本来是个文学青年，早年读郭沫若的《凤凰涅槃》《地球，我的母亲》，还有《立在地球边上放号》，勾起了我的诗性。没想到，二七年蒋介石在上海屠杀革命者。听到'南昌起义''八七会议'，我赶过去，到南昌晚了。又追到朱总那里，上了井冈山。我这个师长，没有洋枪、洋炮，战士们手里用的是红缨枪，只是个梭镖师师长。毛政委、朱老总，给了我这个师，是练我呀！几次反'围剿'胜利下来，梭镖换装了。什么诗人、军长，跟着朱老总和毛委员打仗，还不算糊涂……"

仲叔急切地问："润之，现在哪里？"

"走了，跟主力走了！"陈毅回答。

"真的吗？"仲叔不放心地追问。

"咳，他们本来不要毛泽东，想把你的润之扔掉，可是恩来不干，朱总也不干。出发时，恩来亲自骑马去请毛泽东，一块走了。"

"噢！"仲叔悬着的心，才算有了着落。

秋白响应道："红军离不开润之，润之也离不开红军！"

"对！"陈毅接着说，"秋白书记说得对，有毛泽东在，红军不至于全军覆没！"

此刻，秋白文思敏捷，兴致勃发，郑重地说：

"当年，我没有摁住润之，放他回了湖南，才有了秋收起义、井冈报捷、红军出世、苏维埃在中国诞生。仲弘啊，今天我要多说几句：

"'枪杆子里面出政权'，是个普遍规律。可是，枪杆子要在共产党手里、在红军手里，这个政权，才是人民的，是中国复兴的中流砥柱。有人民支持，有正确的领导，红军就灭不了，人民就会解放，中国就会新生！

"回想起来，当时我要把润之摁在中央，会犯更大的错误，就没有今天的天下。这几年，我说话机会很少，闷在肚子里，不吐、不说，几乎到了忘言的境地。今天，一吐为快，对与错我都负责！

"我以为，春秋、汉唐之后，中原文化，进入两湖，就是洞庭湖、鄱阳湖，两个鱼米之乡。诸子百家，视域更加宽广，见到洞庭湖，感慨不已，所谓'巴陵胜状，在洞庭一湖，衔远山，吞长江，浩浩汤汤，横无际涯，朝晖夕阴，气象万千！'中华人文，进到这个天地，如鱼得水，当年登泰山而小天下的感觉，起码丢了三分。当地生民，在创造经济奇迹之中，饱尝儒释道及兵家的人文营养，求知、开拓、创新、探索、人才辈出，湘江上游的周敦颐，后来的二程、朱熹，把儒学推向理学的高峰。理学大师张载的'横渠四句'，震烁寰宇，使天道、志向彰显。这四句：'为天地立心，为生民立命，为往圣继绝学，为万世开太平。'张横渠了不起呀。我认为，这四句叫'前呼后应'，呼什么？呼周秦以后，中国人文精神中彻底的理性精神。应什么？为民啊，为万世之民！之后的陆九渊、王阳明、王船山、黄宗羲、顾炎武、李贽等，都属于后应之中，慢慢地接近人文科学的核心：为民、以民为本……他们的人文精神，横亘在帝国主义的'大山'前，没有现代工业化，没有现代的人民民主制度，以人民为中心，只能望洋兴叹！我敢说，出生在两湖流域的毛泽东和他的战友，因为《共产党宣言》，找到了后应，当是汹涌澎湃、豪情万丈地开太平！

"我认为，在中国共产党里面，毛泽东是极高明的奇才，这是实践多次证明了的，绝非偶然，而是必然！宋明以来，集结前贤的聪明、睿智，推出了一句哲言，叫作'集高明，致广大，而尽精微'，就是要寻求致广大而尽精微的人才。这是我们民族文化发展到今天，造就人才的标准。出现过吗？几百年来，谁是呢？

"一面要致广大，另一面要尽精微。致广大者，有；尽精微者，有；合在一起者，稀少又稀少，几乎没有。只有广大，会陷入空乏；只有精微，会陷入烦琐。唯有两端合一的人才，方可驾驭神州起伏跌宕，踏平刀山火海。我以为，毛泽东正是一位难得的奇人。他致广大，伸手可以够着天——马克思的理论；他尽精微，可以体察大地，不拒细流，深谙民情。毫不夸张地说，润之致广大，无限；尽精微，无穷；两端一体，罕人可比。他是中国人文历史辉煌的赠与，江河大地孕育的功劳。这是民族之幸，是中国共产党之幸。全党应当认识他，拥护真理。

"有一次，他说'螺蛳壳里做道场'，遭到猛烈批判。可是，我很喜欢这个比喻。之后，他找到我，说：'你是共和国的教育人民委员，要在这个小小螺蛳壳里搞教育，我们当然要扫除文盲，从石头、剪刀、布开始。我们的教育，要为未来的共产主义事业奠基，要扫除私有制积累下来的旧文化，要让我们的子弟懂得，未来公有制社会的五德。'这是毛泽东宝贵的教育思想，却未能在我手里实现……"

秋白说到这里，深深地叹了口气，几乎是用全部力量倾诉了郁结在心中的块垒。

仲叔赶快给秋白递上一杯水，补充道："润之的胸怀装得下昆仑。他常说，仁者爱山，智者爱水，昆仑无私，江河利民。我不去泰山，只希望有一天能攀登昆仑。共产党人应当以法制维护五德，才能使全民立新风，古老民族，将会进入更加文明、更加幸福的新纪元。"

陈毅无限感慨地说:"可惜,中央苏区很快就要进入万劫不复的灾难之境。倒退何止千里万里,有什么办法啊?"

"那,你怎么办?"仲叔关切地问。

"我不会离开这个首善之区,要同父老乡亲有难同当!"陈毅转身,"秋白同志,你翻译的《国际歌》,成为共产党员走上刑场吟唱的歌曲。我在巴黎,常常看到西方人做礼拜,对着受难的耶稣唱圣歌。《国际歌》,是无产阶级的圣歌,中国共产党人,有不可胜数的受难者,唱着这支歌,抛头颅,洒热血,换取中国的独立、自由、民主、昌盛的新天地,这足以证明,你是无产阶级圣歌的领唱者。我肯定要留在这片土地上,唱着圣歌坚持到底!"

秋白、仲叔起而抱拳、致敬。

陈毅拱手还礼,郑重地说:"我现在传达中央局、中央军区的决定:组织一支五六个人的便衣手枪队,送你们出境。第一站,到长汀,然后由秘密通道,送你们去上海或香港,从事地下斗争。明天一早就出发,混在逃难的百姓中,闯过封锁线。"

秋白、仲叔对视,感到意外。

陈毅牢骚满腹地说:"博古,这个书呆子,一朝权在手,便把令来行,拿下了毛泽东,整垮了螺蛳壳里的共和国,临走时,给我们留下了一个'无呆子'!"

秋白奇怪地问："无呆子？"

"无产阶级的呆子——项英嘛。僵化死板，油盐不进，做了一锅千百万人难以下咽、吞吐不得的亡国饭……唉，不说了，时间到了。我是来送你们的，希望能够顺利脱险。期待我们相会在胜利的那一天。有马克思在天之灵保佑，明天会好起来的。"

仲叔喊道："地桃，拿酒来！"对二人说："这是我从梅坑带来的半瓶湘西老酒，味道纯正……"拧开瓶盖，把酒倒入三个黑色的土碗中。

三人捧酒，情感激越地一饮而尽。

秋白说："好酒！痛快！让我们相会在胜利之日！"

"请相信，我会坚守在这个地方。"陈毅坚定地说。

陈毅跨上战马，一声吼叫，飞奔而去。

仲叔和秋白立即回屋，整理行装，准备明日凌晨出发。

此去，吉凶……难辨……

## 四十

博古不接纳毛泽东的意见，挨到大危机临头的时候，才派出七军团去赣东北，与方志敏会师，成立十军团，统共不到一万人，组建北上抗日先遣队出征。

红十军团北上途中，遇到强敌阻拦。党中央遥控指挥，打打停停，前进后退，把红十军团坑苦了。到冬天，无后方作战，缺吃少穿，屡战屡败，欲返回苏区，被敌军团团包围在怀玉山区，全军覆没。

在最危急之时，方志敏让军团参谋长粟裕带一支队伍突围成功。

方志敏、刘畴西、胡天桃被俘。寻淮洲负重伤，抢救无效，牺牲前，让供给部赖荣光部长脱下自己的单裤，给小将胡天桃穿。

导致刘畴西红十军团覆灭的敌军，是他的黄埔军校同学、国民革命军补充一旅旅长王耀武。此役，他为蒋介石立功以后青云直上，后来成为蒋家王朝的封疆大吏。

得胜之后，正值隆冬季节，王耀武审讯胡天桃，见他如此年轻就成为红军中能征善战的师长，十分惊奇，于是开导说："我们也抗日啊，你何不归顺国军，打日本……"

面黄肌瘦、冻得瑟瑟发抖的天桃笑了："东北三省，一夜之间，尽入日寇之手，你们抗日了吗？！

"你们发动第二次'围剿'红军的总司令何应钦，和日本在天津签订了《何梅协定》，允许日寇进驻天津、北平，这就是你们的抗日？！"

王耀武被问得羞愧难当，无言以对。再看这位小小年纪的红军师长，背上搭着一只空空如也的米袋子，里面只剩砸扁了的洋瓷碗，身上比他的战友多了一条带血的长裤……

"快点枪毙我吧！"天桃留下了最后一句话。

方志敏同志写下了千古绝唱《可爱的中国》，与刘畴西、胡天桃……皆被处以死刑，红军中下级军官不肯投降的，统统处以无期徒刑。

一九三五年春，主力红军突破敌军围、追、堵、截，进入贵州。在冲破层层死亡险境后，中国共产党，在血与火的重重历练中觉醒了，将要在遵义开会。

此时，毛泽东才发现"五老"中少了一老，仲叔没来，他知道，仲叔必死无疑了，不觉掩面痛哭……

井冈山斗争以来，在毛泽东身边倒下的英才卢德铭、王尔琢、伍中豪、黄公略等等，曾让他痛彻肺腑，几次号啕大哭。只有一句"螺蛳壳里做道场"，可以告慰烈士们！

此时，红军处于灭顶之灾的挣扎中，在六盘山上，一句"望断南飞雁"，道尽乡愁……

中央苏区已经全部沦陷，所谓"迎接主力回师"，不过是博古、李德嘴里吹出的一个气泡。米夫、王明、李德、博古，把中国革命害苦了！

由于陈毅的努力，一支小小的便衣武装，混在逃难的人群中，提前出发了。

秋白手提一个药箱，扮作医生。

仲叔还是那件陈旧的长衫，俨然是个私塾老先生。

谦禹和地桃，一个是跟班，另一个是徒弟，左右随行。

秋白不能快走，气喘吁吁、艰难前行。

蜂拥而逃的难民，闯过一关又一关，行行复行行。

秋白吐血了。仲叔想要搀扶，秋白暗示不可，示意快走，不要耽搁……似在告别。

仲叔只好作罢。

这条通往长汀的路，仲叔很熟悉。

离长汀还有半天的路程时，突然有一骑追上来，挡住了秋白的年轻军官跳下马来，客气地说："瞿先生，我认识你。在广州，听过您多次演讲……"

其实，秋白认识这个年轻人，知道不得脱身，索性坐下来，故意拖延时间，让伙伴们尽快离开。

年轻军官恭敬地说："请先生上马。"

"不行，我需要休息一下。"秋白又吐血了，溅到谦禹的鞋上，连连喘息、道歉，"对不起，对不起，我给你擦擦……"

谦禹明白，只好装着厌恶的样子走开了。

军官无奈，只得等待。士兵们包围过来。

这位军官在秋白面前，坐也不是，站也不是，犹豫不定，局促不安。面对他曾经崇拜的瞿秋白，岂不……烫手啊！

因为秋白的掩护，仲叔一行逃出了国民党军队的包围，到了长汀附近。大家又饿又累，打算在山沟里生火做饭。

烟火被民团发现，顿时像一群野狼嚎叫着向"猎物"猛扑过来。

谦禹着急地说："你们撤，我掩护！"

手枪队为打退野狼，抢占山头，地桃搀着仲叔，紧跟队伍向山上攀登。

谦禹躲在大石后面，伏击群狼。

民团从两面向谦禹侧翼射击。

谦禹子弹用尽，哭着喊道："委员，我没能保护好你……"中弹牺牲。

敌人继续追击。

六十多岁的仲叔实在跑不动了，对地桃说："你开枪打死我，为苏维埃流尽最后一滴血！"

地桃哪里肯听，双手推着仲叔上山。见敌人临近，连连射击。

趁着地桃开枪迎敌，仲叔明白自己走不脱了，纵身跳下山崖……

手枪队已到山顶，民团却步。

秋白掩护了仲叔，仲叔又掩护了大家，张鼎丞、邓子恢、陈潭秋等人突围成功。事后叹息，差一点就可以脱险了，老人家用生命换取了大家的安全，成为活着的人一辈子的愧疚……

秋白被囚在宋希濂的军营里严加看管，好酒、好饭服侍着，并请来医生，打针、吃药。同时，将笔墨纸砚摆在桌上，希望他能回心转意。

秋白平静如水，沾笔濡毫，奋笔疾书。

蒋介石不断从南京打来电话，追问进展。

宋师长如实禀报："不动如山！"

蒋介石终于耐不住了，下令："处决！"并派南京要员前来监督。

行刑那天，秋白穿戴整齐，走出营门，低声吟唱《国际歌》，走到一处净土，看看左右说："此地甚好！"席地而坐，对刽子手说："开枪吧！"

临刑之前，留下一篇诗文《多余的话》传世。

同年二月，项英指挥退入山区的部队、机关、学校，以及后勤人员，展开九路突围，无一成功。瞿秋白、周以粟、梁柏台、毛泽覃、贺昌、阮啸仙、刘伯坚等领导同志牺牲，还出了一批叛徒，其中最大的是中央军区参谋长龚楚……

最后，是陈毅带着项英化装出逃，进入梅岭、油山，组建了赣粤边游击队，进行了长达三年的游击战……

成立于一九三一年十一月的中华苏维埃共和国，在一九三五年二月被迫迁移！被赶走的封建买办统治阶级，带着千倍、万倍的仇恨，回来了！

共产主义的"幽灵"，在这里动了他们的土地、财产、命根！那些逃亡南昌、上海、广州的地主、恶霸、靖卫团总们，有骑马的，有坐轿的，有坐汽车的，也有骑小毛驴、坐"二人抬"的，纷纷返乡。

有十几万国民党中央军做主，这块苏维埃的土地，立刻成了血腥的围猎场！

请记住，一个腐烂了的阶级，报仇雪恨的手段之恶、之狠、之残忍，罄竹难书！

实行并村、并户，把十几万百姓赶到城镇附近，形成了上百个大栅栏，一户通共，十户连坐。制造了千里无人区，田地荒芜，十室九空，连鸡、狗都绝迹了。对红军家属，年轻的媳妇装入麻袋，运到广东出卖。苏维埃的干部、党员沉河、沉塘处死，不计其数！凡是分了土地的农民，三年之内，按九年地租计算，还不起债的，以妻子、儿女相抵。地主武装、靖卫团、还乡团、"剿共"团放手残害人民……

有名的唢呐王伍中元，被靖卫团总抓住，知道他吹奏过"送红军"的曲子，他的儿子还当了红军。老人家临刑前，在瑞金的大街上，团总命令他吹一曲《将军令》，被断然拒绝。刽子手硬把唢呐往他嘴里捅，中元的嘴紧闭不张。团总下令，把老人紧紧捆绑在高台上，在头顶打洞，点了"天灯"！

天地不忍，欲哭无泪。连在场的中央军官佐都纷纷躲开，而蒋介石的政工人员却拍手称快！

"谁让你动了地主的土地？！"

蒋介石的奴才思想、买办思想，在赣南大地上，血淋淋地演绎了复辟的疯狂……

伟大的民间唢呐艺术家伍中元的儿子，此时已是红一军团红二师的司号长。父亲遭难之时，他正在红军强渡大渡河的桥头，集合起全师所有号兵，按照指挥员的部署，为即将爬上铁索的十八勇士，吹响冲锋号。二十多个号手的号声震撼了山谷，盖住了大渡河汹涌澎湃的涛声……

果然，陈毅没有离开这块受难的土地，他和项英在梅岭、油山，高高举起红军游击队不倒的红旗，与"进剿"的敌军、地主武装恶斗了三年。

叛将龚楚投敌以后，被蒋介石加官晋爵。他曾经假扮红军，进山找到陈毅苦心经营建立起来的最大一支"北山游击队"，致使他们误信谎言，集合在山洞，听取龚参谋长传达党中央遵义会议精神，最后，全队都死在叛徒龚楚的枪口之下。

龚楚打听到陈毅、项英驻地，前去搜捕，被警卫识破，二人方躲过一劫。

三年游击，红旗不倒，九死一生，记录这段经历的《赣南游击词》《梅岭三章》绝命诗，同为脍炙人口的千古绝唱！

从此，陈毅在这块土地上征战不息。他和粟裕把革命地域一直向前延伸、延伸……真所谓："坐断东南战未休"。陈粟大军，与兄弟部队问鼎中原——

此是后话，无需赘言。

# 跋

仲叔，农家子弟。读板书，记住了：德者亲民，止于至善者也。三十七岁去省城长沙，认识了毛润之。几年相处，以为毛泽东是亲民至善者。

仲叔长润之十七岁，互称对方为师兄。毛泽东组建新民学会，与学友发誓改造中国与世界，仲叔乃得力助手。毛泽东办《湘江评论》，领导长沙的"驱张运动"，仲叔出没风波，抵住阵脚，危中取胜。润之的胆略、才干，与强敌迂回作战，因势利导，以文击武，制敌于死地，显示出超人的能力！

十月革命一声炮响，马克思列宁主义来到中国，读《共产党宣言》，脑洞大开。以俄为师，为救中国找到了出路！

毛泽东以惊天的睿智，独辟蹊径的胆略，上井冈山，征战赣南闽西。几年之间，朱毛红军打出了一片新天地，建立了"中华苏维埃共和国"，小小的螺蛳壳，敢于挑战石头城里新军阀。蒋介石先后发动四次大军"围剿"，均告失败。

在毛泽东的领导下，中国共产党的胜利似乎来得太快了！

当时，中国共产党中央觉得毛泽东走的这条路，不像是以俄为师，走偏了！三纠正，两批判，把螺蛳壳这个新生命搞垮了。

毛泽东失势了。

红军不得不走上漫漫长征路，新生的苏维埃倒在了石头城里那批封建的、买办的法西斯势力的屠杀中，血流成河！

中国共产党人在惨败中成熟起来，方才懂得毛泽东的正确，方才明白学苏联的真谛，在于要把马克思主义的真理和中国实际相结合。这可是大学问、大造化、大创造、大发展……

湘江之战后，博古甘拜下风。到延安后，毛泽东派他去清凉山，办《解放日报》，办得很不错，成为中央重要的宣传家。

抗战胜利，博古协助周恩来在重庆与国民党展开艰苦谈判。回延安汇报时，乘坐美国人的飞机，失事遇难，没能看到新中国的建立，可惜！

项英与陈毅在赣南坚持三年游击战。之后，担任新四军副军长。在国民党制造的"皖南事变"中遇难，没有赶上陈粟大军席卷东南、问鼎中原的雄姿，惜哉！

中国共产党，因为有了毛泽东这样千载难逢的领袖，能够集高明、致广大、尽精微之旷世奇才，水乳交融般地把马克思主义基本原理与中国革命具体实际相结合，把中国文化的复兴、崛起，和共产主义理想的实现融为一体。毛泽东思想在中国思想史、中国文化史中是一个新的高峰！

毛泽东没走远，毛泽东思想没过时。在近现代历史上，中国改天换地，毛泽东创造的丰功伟绩，无出其右者！毛泽东思想，是中国的马克思主义；中华文明，因为马克思主义点拨而更新，马克思主义，因为中国的复兴而有了第二故乡，这是历史的必然！

资本主义，当然比封建主义进步，对人类世界作出了伟大的贡献；而社会主义、共产主义制度，将会比资本主义更合理，更惠及全体人民，人类将走出丛林，过上更健康、更文明的生活！

曾几何时，周王朝伐殷成功，把殷商时代成熟的文化人、文化成果集结起来，为周朝的兴盛服务。后世，诸子百家激荡争鸣，延续了中华文脉，长河劲流，万世不息……

老仲叔，我们怀念您！

"行到水穷处，坐看云起时"……

2020年5月13日—6月13日
于北京师范大学"中三极"

# 后记

2012年秋，我们的第三部长篇小说《红军家族前传》在北京十月文艺出版社"出生"，心里当然很高兴。刚刚取回来的新书，散发着微微的墨香。可是当时我正在病中，发高烧，头重脚轻，立不稳，坐不住，昏昏沉沉。不巧，会林马上又要带队去美国开会，怎么办？经过于丹朋友的努力，把我送进了协和医院。我知道协和是个红色保险箱，把我存放那里，没有问题。

会林把我送进十三病室，办理了住院手续，还给我请了一位从武警退役的老兵，24小时陪护我，之后她匆匆赶路，去机场了。

俗话说"老乡见老乡，两眼泪汪汪，你也没钱花，我也没关饷"，那是一种命运的悲凉；而这回"老兵见老兵，兵味喜相逢"，病中的我，顾不上多说话，但是，兵味还是可以相通的。入院后他把我安置在轮椅上，在协和迷宫般的楼宇中，上下浮游，左右叩门，求医问诊，吃药打针，轮回往复。一连折腾了十来天，我"复活"了，头脑管用了，可以下床、走路，这时我才发现，枕边的书不见了！

这个小小逼仄的十三病室，除了一张病床外，剩下不到二尺宽、只可一人进出的小"道"。24小时陪护我的老兵，只好在布帘外边走廊里的行军床上睡觉。好在秋日刚到，他在外边裹着一床棉被酣睡……枕边，竟是我不见了的《红军家族前传》。

老兵同志很快醒来了："老兵，您醒了？"

我高兴地点头。

他见我注意那两本书，愉快地说："我看了，青马岗、大青马，那一家人，走出了曾纪耘……这位红军的收容队长，现在是财政部副部长，还在吧？"

我扫兴地叹口气，"走了……"

"还有陈花豹，还有曾家大院那帮人。花豹牺牲了。陈老总太了不起了，能文能武，可惜也殁了！"

他一边说一边把书放在我手里，叠被，归整行军床，送回我那逼仄病室窄缝里，然后忙着帮我打水洗脸，还不住地说："这书好，大家抢着看。唉！革命可不能失败，失败了，蒋介石回来，那就是十八层地狱！"

"项英这个人，杠得狠，权在他手里，领着大家往火坑里跳。陈老总良言苦口，他油盐不进，最后死了那么多人，瞿秋白、刘伯坚、贺昌、阮啸仙、何叔衡，啊呀，他们要是活下来，那可都是上将、元帅式的人物……后传，还写吗？"

"当然要写。"我肯定地说，"后传，从抗日战争开始……"

他惊异地："吔！不过……"

"不过什么？"

"那些牺牲的人，写的不够！太多了，应该多写没活下来的人。"

我赶紧点头，"是应该写。可是这本书挤不进去了！"

我问他，"你的家乡在哪里呀？"

"就在你写的地方。"

"江西？"

"对，我是江西老表。"

我明白了，红军家族，就出在他们那里，"我去过大余、梅岭、信丰、油山，还有瑞金……"

"老兵，您是哪里人？"

"我是太行山的，是太行山上八路军129师的老兵。"

"老兵！"他喊了一声，张开双臂拥抱了我。

"会林就是井冈山下的吉安人，我算是半个江西人……"

"您是老老兵了！"

"不敢当。我是在129师长大的，那时我是个部队的累赘……抗日战争结束，我参加了解放战争，从华北平原到江南、中南、大西南走了一趟，就也算个老兵！"

"啊呀，您应该写写没看到胜利的那些人，牺牲得太可惜了……"

"是啊！"这本来是我很大的遗憾，又被武警老兵唤醒了。

"江西人忘不了蒋介石回来后十八层地狱的生活，那是真正的地狱！您要狠狠地写，留给现在享福的人看！"

这些话我听起来，是带着血、流着泪的肺腑之言，兵味很浓，直抵心胸，刻在记忆里。

半个月过去了，会林归来，立即来协和看我，我急着要出院。会林请来大夫。

大夫对我说："可以出院。不过您右腿有血栓，如果再住半个月，帮你治疗……"

我回答道："半个月太长了，暂时没问题吧？"

大夫犹豫地说，"暂时没问题。"

"那我就出院了。谢谢大夫让我恢复了健康。'后传'还等着呢！"

大夫大概听懂我着急的理由，半开玩笑地说："我们对病人不愿意说'再见'，希望您保持健康，把'后传'写出来。"

会林把我接回了家。

与武警战友告别时，我趁人不多，把剩下的一点钱快速地塞进他的衣兜，他想推开，我摇摇头，他才松了手。一个很好的武警战士，退伍后远离家乡，到北京打工，我心里着实难过……

回家后，趁热打铁，会林坐在我的桌边，商量"后传"的结构。

《红军家族后传》，要从抗战开始，写到解放战争，写到三大战役，写到抗美援朝，写到文化大革命，这一家人走的道路，应该是很精彩的，是红军家族的高潮，但却很难写，如何驾驭……

上路吧！

会林是个大忙人，除了每学期要给学生讲课，还要带博士生、博士后，稍有空隙，她会来到我的书房，劝我不要太紧张，病刚好，慢点来。看到我已经写了一大摞，大概有三十几万字，她便拿去加工、梳理，做第二遍的创作。

趁她看稿子时，我的眼睛往桌边书墙上瞟，海明威的小说引起了我的注意，抽出来重看，《老人与海》这是西方名家大作！嗨！"老渔翁"就是海明威，漫无边际的大海，就是资本帝国主义国家！资本主义，借着宇宙射来的阳光，冲出中世纪的黑暗，取得所谓"双元革命"的胜利。但资本主义私有制使得人类"双元"理想越往前走，越变质、越走样。西方文明在这条道路上曾经有生产力发展的辉煌，但剥削、扩张、无尽的贪婪，使西方文明渐渐走向衰落期……

海明威是西方文明孕育的伟大作家，他以人道主义的民主、自由理想，同情被剥削阶级。他参加过西班牙正义战争，抗日战争时期来到中国，在重庆见过周恩来同志。海明威的《老人与海》是西方文明走入败亡的挽歌。

武警战友的嘱托和提醒，让我想起了一位东方文明的老人何叔衡：已经是37岁的秀才，看到国家将亡的命运，毅然出走，到长沙寻求拯救危亡祖国的道路。很幸运，饱读"四书五经"的秀才，遇到了毛泽东，这是东方文明偶然相遇的巧合？还是东方文明与西方文明必然的结合？

这个发现，直捣我的心房，让我激动不已。要写写何叔衡这位东方文明的老人。我们不是海明威，何老也不是西方的打渔人，他付出了最后的一滴血，将其赠予东方文明的崛起，加入了亿万人"歌唱祖国"的大韵之声，全宇宙都听得见！

"不行，'后传'得停停……"

会林看我冲动的样子，只好"放行"。

"从哪写起呢？"

提笔就写。洋洋洒洒，稿纸写了一大堆，会林一看，摇头说："离题万里，还没到点子上。"她提醒我："武警战友最关心的是？"

点拨得好！我，悟道了。

当年洞庭湖边的穷秀才，读圣贤书中的："明德、亲民、止于至善""国家兴亡，匹夫有责"……如今，"北洋水师"与日寇东海一战全军覆没，中国处于西方帝国主义列强的夹击中，国家败亡就在眼前，真个是危在旦夕！命在旦夕，如何破局？何叔衡的心火按捺不住了，突然记起来，明末清初的圣贤之士说过"中国每到绝境之时，会有圣人出来救国。"此时此刻，这是唯一期待的希望！这把火，烧得他无心耕作，遑论渔猎！

俗话说：踏破铁鞋无觅处，得来全不费工夫。何叔衡、毛润之在长沙相识，是必然中的偶然。那个时代出生的炎黄子孙，有一大批奋起寻找救国之道，他们汇聚在一起，他俩的相遇，可说是党史上的一段佳话。在苏区的"五老"中，何叔衡是最早见到毛泽东，最早认为毛泽东是明德、亲民、止于至善的圣人，一跟到底；到后来敢于直面党中央的错误路线，与博古辩论，遭受了错误的打击和批判。

撤出苏区时，"五老"中同行四人，唯独留下年近六十的何叔衡……这一悲剧唱得让人荡气回肠，疼痛不已。

这个老人，因为遇到了毛泽东，他生命中最宝贵的家国情怀，得到了自由、畅快发挥。一个清末的秀才，因为结识了毛泽东，获得了生命的自由，成为中国共产党创始人之一、马克思主义者、光荣的共产主义战士，为中国独立、自由、解放用尽了全身力气，为革命、为人民流尽最后一滴血，死得其所，向死而生！这是东方文明的一个悲剧，让人痛惜，令人缅怀，给人力量！在中华文明史重新崛起之时，鸣奏起黄钟大吕般的乐章，毛、何之谊，是其中一段沁人心脾的长调！

《仲叔其人》本打算建党百年时献礼，我们无能，耽搁了很多时间，延误了"后传"出生。至今年龄已到九旬，两败已矣。我们以为，中国这位老人，与海明威笔下的老人，虽然生活在不同的时代，却具有共同的人文情怀。他们的生命融化在真善美的意境之中。借用恩格斯的名言，他们是那个时代典型环境中的典型性格，仲叔和渔翁各得其所，可以告慰自己，让后人向往、羡慕……仁者，人也！

向海明威致谢，是他让我们完成了《仲叔其人》。

时在：大雨落幽燕，白浪滔天之时……

2023年8月